Achim Bröger

Mensch, wär' das schön!

Thienemann

CIP-Kurztitelaufnahme der Deutschen Bibliothek

Bröger, Achim
Mensch, wär' das schön!
Stuttgart: Thienemann
ISBN 3-522-12570-3

Gesamtausstattung Karlheinz Groß in Bietigheim/Enz
Schrift Helvetica
Satz, Druck und Einband Buchdruckerei und Großbuchbinderei
Wilhelm Röck in Weinsberg
Umschlagdruck Offsetdruckerei Gutmann + Co. in Heilbronn/N.
Offsetreproduktionen Gustav Reisacher in Stuttgart
© 1977 by K. Thienemanns Verlag in Stuttgart · Printed in Germany
5 4 3 2

„Mensch, wär' das schön!"

Aufgabe acht soll ich lösen: Der Kohlenhändler liefert die Kohlen in Zentnersäcken. Ein Zentner gleich fünfzig Kilogramm ...
Das Heft liegt aufgeschlagen vor mir. Ich habe noch nichts geschrieben, sitze an meinem Platz hinter dem Fenster im dritten Stockwerk, spitze den Bleistift an und sehe in den Hof hinunter. Büsche links, und rechts Garagen, dahinter rote und graue Hausdächer. Wegen der vielen Fernsehantennen sehen die ganz stachlig aus, wie Riesenigel.
In der Küche hinter dieser Wand arbeitet meine Mutter. Da scheppert etwas, jetzt klatscht es. Wen haut sie denn? Ich gehe in die Küche. Schon durch die Glastür sehe ich, daß sie gebeugt am Tisch steht. Und dann klatscht es wieder, weil sie mit der flachen Hand auf einen Teigballen schlägt. „Gibt's Kuchen?" frage ich.
Sie streicht mit der mehligen Hand ihr Haar aus der Stirn. Ein weißer Mehlstrich zeigt, wo die Haare eben

noch lagen. Ich grinse und meine: „Sieht aus wie 'ne Kriegsbemalung."
Sie reibt den Mehlstrich ab und sagt: „Ich bekomme nachher Besuch von der Nachbarin, wollen uns beschnuppern. Laß uns bitte erstmal ein bißchen allein." Dann fragt sie: „Bist du mit den Schularbeiten fertig?"
„Muß noch ein paar Aufgaben rechnen."
„Dann mach das mal schnell."
Ich gehe in mein Zimmer zurück. Die Nachbarin kommt also, das ist die, die im Hausflur gegenüber wohnt. Eine nette Familie, sagt Vater, mit dem Jungen kannst du bestimmt gut spielen.
Denkste ...
Aufgabe acht liegt immer noch da: Der Kohlenhändler liefert die Kohlen in Zentnersäcken ... Soll er. Wenn er Lust dazu hat, meinetwegen auch in Kilosäcken. Die würden bestimmt viel besser aussehen und leichter zu tragen sein, kleine, freundliche Kilosäcke.
Ich sehe über die leeren Heftseiten auf den gepflasterten Hof hinunter, denn da bewegt sich etwas. Der Nachbarssohn steht da, der, mit dem ich spielen soll. Obwohl ich nicht mal weiß, wie er heißt, bisher jedenfalls nicht. Da kommen auch die beiden Jungen aus dem Nebenhaus. Um diese Zeit tauchen sie immer auf und fast nie ohne Fußball.
Die spielen nicht gerne mit Mädchen. Felix, meinen Bruder, lassen sie mitmachen, mich nicht. Nachdem wir hier vor zwei Monaten eingezogen sind, hab' ich es mal probiert, bin einfach hinuntergegangen und hab'

mich zu ihnen gestellt, bis der eine unfreundlich gefragt hat: „Was willst du denn?"
„Ooch, nichts, was macht ihr denn?"
„Erstmal gar nichts und nachher spielen wir Fußball."
Da haben sie mich dann stehen und zusehen lassen und nicht mal gefragt, ob ich mitmachen möchte.
Aber heute haben sie was anderes vor, und das will ich mir genauer ansehen.

Schnell renne ich in die Küche und frage Mutter: „Wo liegt Vaters Fernglas?"
„In seinem Schreibtisch. Wozu brauchst du es denn? Bist du schon mit den Schularbeiten fertig?"
„Gleich", sage ich.
Erstmal wirkt alles verschwommen. Und dann sehe ich den Nachbarsjungen und seine Freunde ganz groß. Sie stehen eng beieinander, grinsen und tuscheln. Der Lange aus dem Nebenhaus bindet eine Schnur an einem Geldbeutel fest, den legen sie dann auf den Hof. Jetzt verstecken sie sich hinter den Büschen. Wenn jemand kommt und sich nach der Geldbörse bückt, werden sie die mit der Schnur schnell wegziehen. Petra und ich haben das in der alten Wohnung auch mal probiert.
Ich lege das Fernglas weg. Da ist jetzt sowieso nichts zu erkennen, denn sie haben sich hinter den Büschen verkrochen. Und es dauert bestimmt lange, bis jemand kommt, um sich zu bücken.
Was Petra in der alten Wohnung jetzt wohl macht? Sie hat mit ihren Eltern zwei Etagen über uns gewohnt. Als wir weggezogen sind, haben wir uns versprochen, daß wir uns bestimmt besuchen wollen.
Ich war wirklich sicher, daß wir es tun werden, ich hab' auch schon mal bei ihr angerufen, damit sie das nicht vergißt. „Petra muß jetzt weg", hat ihre Mutter gesagt, „in zehn Minuten fängt die Sportstunde an." Weil ich es schon mal versucht habe, wäre sie jetzt mit dem Anrufen dran. Aber sie läßt nichts von sich hören.

Auch Werner tut heute nachmittag so, als gäb's ihn nicht. Dabei wohnt er nur ein paar Straßen weiter. Er ist hier der einzige, den ich kenne, der mich besucht und den ich mal besuche. Irgendwie find' ich ihn ganz prima. Wir gehen meistens von der Schule zusammen nach Hause.
Ob ich es doch bei Petra versuche? Wenn ich an sie denke, fällt mir ein, wie das war, als meine Eltern ge-

sagt haben: Wir ziehen bald um. Abends hab' ich im Bett gelegen und gedacht: Hoffentlich geht das alles nicht so schnell, denn ich kann mir einfach nicht vorstellen, wie das ohne Petra sein soll. Und am nächsten Mittag bin ich ganz früh zu ihr gegangen, als müßten wir die restliche Zeit gut ausnutzen.
Vater hat mich beruhigt: „... wirst sehen, das wird schön in der neuen Wohnung. Und Petra kannst du besuchen, so oft du willst. Ist doch nicht aus der Welt."
So weit ist es wirklich nicht, aber immerhin, mit dem Bus muß man mindestens 'ne halbe Stunde durch die Stadt fahren. Jedenfalls haben wir uns bisher nicht getroffen, obwohl sie noch Spielsachen und Bücher von mir hat, und bei mir liegen auch noch Sachen von ihr.

Wenn wir uns am Nachmittag besucht haben, hat das immer Spaß gemacht. Und weil es mit ihr so gut war, hab' ich Angst gehabt, daß sich Petra mal 'ne andere Freundin suchen könnte.
Am letzten Tag haben wir uns ein Zelt aus Decken gebaut, sind hineingekrochen und haben uns erzählt, daß das bestimmt alles prima wird. „Wir wollen uns oft besuchen, dann kannst du auch bei mir schlafen."
Sicher, Vater hat teilweise recht gehabt. Natürlich ist die neue Wohnung besser und ein bißchen größer. Ich habe ein Zimmer für mich alleine. Meine beiden kleinen Brüder, der Felix und der Leo, haben zusammen eines. Vorher mußten wir zu dritt mit einem Zimmer auskommen. Die Zentralheizung ist auch besser als es

die Kohleöfen waren. „Und die Küche ... richtig praktisch", hat sich Mutter gefreut. Wir haben jetzt mehr Platz. Aber was fang' ich damit an?
In der neuen Schule komme ich recht gut mit. Ich glaub' auch, daß die mich ganz gerne mögen, vor allem Werner. Aber besucht hat mich außer ihm bisher noch niemand.
Jetzt höre ich Mutter an der Tür, und ich beuge mich schnell über mein Heft. Sie kommt zu mir, sieht über meine Schulter. Natürlich bemerkt sie die leere Seite. „Bist ja immer noch nicht weitergekommen", stöhnt sie. „Träum doch nicht. Ist das denn so schwer? Laß mal sehen."
„Aufgabe acht", sage ich. „Ne, schwer ist die nicht. Der Kohlenhändler liefert die Kohlen in Zentnersäcken ..."
„So ... und jetzt ein bißchen Tempo. Ich möchte, daß du heute mal mit den anderen da unten spielst. Bis ich wiederkomme, bist du fertig. Ich muß schnell zum Kaufmann runter, hab' die Butter vergessen."
Ihre Stimme ist jetzt energisch geworden. Und als ich frage, ob ich mitkommen könnte, weiß ich schon, daß sie „nein" sagen wird. Eigentlich braucht sie gar nicht zu antworten: „Mach erst mal deine Schularbeiten. Der Leo ist schon lange fertig und mit Felix zum Rollschuhlaufen gegangen. Hättest ruhig mitgehen können."
Meine Mutter ist beim Einkaufen. Ich nehme wieder das Fernglas, die Jungen sitzen da unten immer noch

hinter dem Busch. Und der Geldbeutel auf dem Hof hängt am Bindfaden und tut harmlos. Aber weit und breit ist niemand zu sehen, der darauf hereinfallen könnte.

Ich schreibe die Aufgabe jetzt gleich in mein Heft, obwohl Mutter immer sagt, ich solle erst mal alles auf einen Zettel schreiben. Der Kohlenhändler liefert die Kohlen in Zentnersäcken …

Es klopft, und ich öffne die Wohnungstür. Mutter steht vor mir. ,,Ich muß mich beeilen", sagt sie, ,,die Nachbarin kommt gleich." Sie verschwindet mit dem Butter-

päckchen in der Küche. Ich sitze in meinem Zimmer und beobachte die Jungen durch das Fernglas.
Als es klingelt, erschrecke ich richtig. Mutter begrüßt die Nachbarin im Flur, ich sehe ihre Schatten hinter der Glasscheibe meiner Tür. Dann verschwinden sie im Wohnzimmer, ich gehe hinterher, sage: „Guten Tag."
Die Nachbarin lächelt mich an, sie wirkt freundlich, fragt, wie alt ich bin und in welche Klasse ich gehe. „Besuch uns doch mal", sagt sie dann. „Ihr könnt bestimmt gut miteinander spielen, der Jürgen und du."
Können wir eben nicht, möchte ich sagen, aber ich sag's nicht. Ich bekomme dann noch ein Stück Kuchen und will in mein Zimmer gehen. Als ich im Flur stehe, höre ich plötzlich meinen Namen. Eigentlich will ich nicht an der Tür lauschen, aber dann tue ich es doch. Mutter spricht von mir: „Christa findet nur schwer Anschluß. Am liebsten hockt sie alleine in ihrem Zimmer und träumt vor sich hin. Bei Felix und Leo hab' ich da keine Sorgen."
Ich sitze wieder in meinem Zimmer an meinem Platz. Und mir fällt ein, daß das gar nicht stimmt, was sie sagt. Ich möchte gar nicht alleine in meinem Zimmer sitzen.

Jetzt höre ich Stimmen auf dem Hof, da schimpft jemand. Die Jungen haben ein Opfer gefunden.
„Ihr verflixten Bengels, mich so hereinzulegen!" höre ich eine Männerstimme, die dann dröhnend und laut lacht.

Was mach' ich denn nur den ganzen langen Nachmittag? Ob ich mal hinuntergehe, um mit ihnen zu spielen? Oder soll ich mit meinem neuen Puzzle anfangen? Aber dann fällt mir ein, wozu ich wirklich Lust habe. Ich werde Petra anrufen. Und wenn sie nicht zu Hause ist, probiere ich's bei Werner. Obwohl sie eigentlich dran wären, mich anzurufen. Aber ich tue es trotzdem, und ich werde sie fragen, ob wir uns treffen können.
Zu Petra müßte ich mit der Straßenbahn fahren. Hoffentlich erlaubt Mutti das, und hoffentlich ist Petra zu Hause. Mensch, wär' das schön! Ich rufe jetzt gleich an, den Kohlenhändler mit seinen Zentner-, Tonnen- und Grammsäcken lasse ich im Mathebuch, der läuft mir nicht davon.
Jetzt halte ich es auf meinem Stuhl nicht mehr aus. Ich renne über den Flur in das Wohnzimmer. Die beiden Frauen sehen mich erstaunt an, wie ich da hereinplatze und im Zimmer stehe. „Wohin so eilig?" will Mutter wissen.
„Weiß noch nicht genau, entweder zu Petra oder zu Werner. Darf ich?"
„Hast du deine Schularbeiten fertig?"
Ich höre gar nicht richtig hin, bin schon am Telefon und wähle Petras Nummer. Ich brauch' gar nicht im Telefonbuch nachzusehen. Die Nummer habe ich noch im Kopf. Erstmal tutet es ... und dabei bleibt es auch. Jetzt ruf' ich Werner an. Seine Nummer weiß ich noch nicht auswendig. Ich hab' sie mir aufgeschrieben. Und

bei Werner bleibt's auch nicht beim Tuten. Seine Mutter nimmt den Hörer ab. ,,Prima, daß du anrufst!" sagt sie. ,,Werner hat's schon vor dem Mittagessen bei dir probiert. Er ist oben in seinem Zimmer. Ich hol' ihn."
Ich stehe am Telefon, warte und denke dabei, daß das eigentlich ganz prima ist. Wir wohnen erst seit ein paar Wochen hier, und ich hab' schon einen Freund. Wir erzählen uns oft was, Werner und ich. Bei uns zu Hause ist es nämlich komisch, da kommt man meistens nicht zum Reden, weil wir zu viele sind. Genau fünf, eine Handvoll Leute. Und wenn wir alle zusammen sind, wollen wir auch alle reden.
Bei ihm zu Hause, in einem Einfamilienhaus, sind's nur drei. Aber er hat mir erzählt, daß man da auch nicht oft zum Reden kommt, weil selten jemand da ist. Na ja ... deswegen und weil wir uns überhaupt gut finden, reden wir eben oft miteinander und sind oft zusammen, Werner und ich.
Vielleicht hat es mit Petra wirklich keinen Zweck mehr. Wir wohnen zu weit auseinander. Obwohl – versuchen werde ich es nochmal. Vielleicht besuch' ich sie dann mit Werner zusammen.
Da höre ich seine Schritte im Zimmer. ,,Tach, Christa", sagt er, und ich freu' mich unheimlich, daß es ihn gibt und daß er zu Hause ist.

„Alles in Ordnung?" (Keine Einschlafgeschichte)

Ich fange an zu pfeifen, weil es auf diesem glitschigen Weg zwischen den dunklen Büschen so unheimlich ruhig ist. Jetzt ist es nicht mehr unheimlich ruhig, sonder nur noch unheimlich. Als würde Dracula hinter den Büschen lauern und meinem Pfeifen zuhören.
Wo bleibt denn Werner? Ist der heute etwa allein losgefahren? Wir warten doch sonst nach dem Sport immer aufeinander. Die anderen haben sich schon längst auf ihre Fahrräder geschwungen und sind losgefahren.
Ich will gerade in die Pedale treten, als ich erschrecke ... denn da kommt jemand. Aber bevor ich noch überlege, ob das Dracula ist oder King-Kong hinter mir hertappt, steht Werner da und sagt: „Hab' mein Handtuch nicht gefunden."
Ich tue ganz mutig, erzähle nichts davon, daß ich eben Angst gehabt habe. Dafür sagt Werner: „Komischer Weg, alleine möchte ich hier nicht gehen." Ich nicke,

und dann fällt mir etwas ein. Das taucht ganz plötzlich wieder in meinem Kopf auf. „Muß dir was von gestern abend erzählen", sage ich.

Weil der Weg glitschig, dunkel und voller Pfützen ist, kann man hier nur schlecht fahren. Wir schieben unsere Fahrräder nebeneinander her. Da vorne sieht man die ersten Straßenlampen. „Was war denn los?" will Werner wissen.

Erstmal fing es ganz normal an. Der Zeiger der Fernsehuhr will gerade auf acht springen, als mein Vater sagt: „Ab in die Falle. Und beeilt euch! Wir wollen heute weg."

Immer dasselbe, nie kann man abends in Ruhe vor dem Fernsehapparat sitzen. Aber das kennst du ja.

Herr Köpcke, der Tagesschausprecher, guckt hinter uns her, als wir aus dem Zimmer trödeln. Gleich darauf herrscht Hochbetrieb im Badezimmer. Felix steht auf dem Hocker vor dem Waschbecken und spritzt mit Wasser um sich, daß wir glauben, wir wären unter einen Wasserfall geraten. Alle werden naß, nur er nicht. Damit auch er nicht zu trocken bleibt, werfe ich ihm einen klatschnassen Lappen um die Ohren. Und weil Felix weiter Wasserfall spielt, tragen wir ihn raus. Leo packt ihn an den Füßen und ich ihn an den Händen. Er zappelt zwischen uns. Kannst dir vorstellen, wie er schreit. Und weil es so schön laut ist, brüllt Vater dazwischen: „Leiser! Man versteht ja sein eigenes Wort nicht!" Dabei hat er vorher kein Wort gesagt.

Leo steht an der Badewanne, ich am Waschbecken.

Katzenwäsche, ist schnell erledigt. Und jetzt ins Bett. Ich leg' mich gemütlich zurecht. Mutter kommt in mein Zimmer und sagt: „Kannst noch ein bißchen lesen. Wir gehen jetzt, sind um zehn Uhr wieder zu Hause. Aber da schläfst du bestimmt schon. Mach das Licht nicht zu spät aus!"
„Hm", mache ich und wühle mich tief in meine Bettdecke. Dann klappt die Wohnungstür, sie sind weg.
Leo und Felix wünschen sich drüben in ihrem Zimmer gute Nacht. Das kenne ich schon, das ist ziemlich aufregend, weil jeder das letzte Wort haben will. Deswegen hört man eine Zeitlang nur noch: „Gute Nacht." In allen Stimmlagen tönt das durch die Wand zu mir. Bis Felix „schlechte Nacht" wünscht und Leo zurückbrüllt: „Sei jetzt endlich ruhig ... gute Nacht!"
Damit hat er das letzte Wort gehabt ... und gewonnen, denkt er jedenfalls, Felix ist ruhig, bis ich nach einiger Zeit deutlich von ihm höre: „Gute Nacht". Damit hat dann doch Felix gewonnen, denn Leo antwortet nicht mehr. Er schläft wohl schon.
Zum Lesen habe ich keine Lust. Ich knipse das Licht aus und bin gerade dabei, mich an die Dunkelheit zu gewöhnen, da knackt irgendwas in meinem Zimmer. Laß es knacken, denke ich mir und versuche das Geräusch zu überhören. Um zehn Uhr sind die Eltern wieder hier, beruhige ich mich, weil das Geräusch doch seltsam klingt. Wenn sie kommen, schlafe ich bestimmt schon. Aber dazu müßte ich erstmal einschlafen können.

Es ist wie verhext. Ich liege da, versuche einzuschlafen und schaffe es nicht. Ich probiere alles mögliche. Lasse Schafe über Zäune springen, denke an ein Boot, das sanft auf dem Wasser schaukelt. Aber ich kann trotzdem nicht einschlafen. Und da knackt wieder irgendwas ... das knackt mich vollkommen wach. –
Der Mond scheint zu mir ins Zimmer. Quatsch, eigentlich scheint er gar nicht, er läßt sozusagen für sich scheinen. Von Leo und Felix höre ich nichts mehr. Ich liege da, wackle mit den Zehen, ziehe die Bettdecke nach oben, dann nach unten, drehe mich nach links und rechts, drehe dann das Kopfkissen. Schön kühl ist es jetzt am Kopf.
Das Knacken kommt irgendwo aus dem Fußboden, sage ich mir. Klar, das Holz arbeitet ... oder so ähnlich. Aber komisch ist es doch, ganz alleine in der Wohnung und dazu solche Geräusche. Obwohl ich ja gar nicht alleine bin. Aber meine schlafenden Brüder hinter der Wand zählen überhaupt nicht mehr.
Die Eltern müßten zu Hause sein, das wäre gut. Da könnte es knacken so lange es wollte. Ich ginge einfach ins Wohnzimmer und würde sagen: Ich hab' Durst. Oder vielleicht auch: Ich hab' Bauchschmerzen. Komisch, daß ich nicht einfach sagen kann: Ich hab' Angst.
Vielleicht würde Vater stöhnen. Das ist doch jeden Abend das gleiche. Aber ich würde trotzdem was zu trinken bekommen. Danach wäre das Knacken nur noch halb so schlimm.

Aber die Eltern sind jetzt nicht da, und deswegen hat es auch gar keinen Zweck aufzustehen und Durst zu haben. Ich habe ja auch keinen, tröste ich mich. Aber das tröstet mich eigentlich gar nicht. Und dann knackt es schon wieder.
Ob ich das Licht in meinem Zimmer anknipse? Ich komme mir vor wie früher als kleines Kind. Damals habe ich auch nicht ohne Licht einschlafen können. Ich konnte es wirklich nicht. Wenigstens vom Flur mußte es hell hereinscheinen. Das brauche ich schon lange nicht mehr. Nur heute wäre es gut, weil meine Eltern nicht da sind.
Schon wieder ein Geräusch, aber ein beruhigendes. Ich höre Schritte über mir. Die Nachbarin ist das, sie geht wohl jetzt auch ins Bett. Komisch, nur zwanzig Zentimeter über meinem Zimmer gehen andere Leute, sind da zu Hause. Manchmal wundere ich mich, daß die Zimmerdecke das aushält und nicht einfach durchbricht. Dann kämen die Nachbarn plötzlich durch die Decke gesaust. Guten Abend, würde ich sagen, wenn sie bei mir im Zimmer landeten. Die Nachbarin würde bestimmt erstmal fragen: Hoffentlich störe ich nicht?
Drehe ich das Licht an oder nicht? Einen Augenblick warte ich noch. Ich kneife die Augen fest zu, lasse sie lange geschlossen ... immer länger und länger. Und dann bin ich wohl eingedöst.
Aber nur für einen Augenblick. Irgendwas weckt mich wieder. Sind die Eltern schon da? Ich reiße die Augen

auf. Nein, die Eltern sind es nicht. Ich sitze halb im Bett. Da ist doch jemand. Mein Herz schlägt plötzlich ganz laut. Da ist wer! Dort in der Ecke, direkt neben dem Fenster. Ein Kopf, große dunkle Augen, ein helles Gesicht. Gleich schreie ich los!
Das kann doch nicht sein, versuche ich mich zu beruhigen und starre in die Ecke. Aber auch wenn es nicht sein kann, es ist so. Da steht jemand! Ich rücke in meinem Bett zurück bis an die Wand, immer weiter, ziehe meine Bettdecke an mich. Dann greife ich blitzschnell zum Lichtschalter.
Der Mann in der Ecke ist gar keiner. Das helle Gesicht, die dunklen Augen ... mein Plastikball. Weiß und schwarz gefleckt liegt er auf der Zentralheizung. Das sieht im Dunkeln aus wie ein Menschenkopf. Ich kneife die Augen zu, wirklich, man kann das verwechseln. Und dann springe ich schnell aus dem Bett und tue etwas, was ich schon lange nicht mehr getan habe. Ich sehe unter meinem Bett nach, ob sich dort jemand versteckt. Aber natürlich ist da niemand.
So ... und jetzt werde ich wohl endlich einschlafen können, hoffe ich und schalte das Licht aus. Aber das Einschlafen klappt heute einfach nicht. Den beiden nebenan, Felix und Leo, geht es wirklich besser. Ich beneide sie richtig, daß sie schon schlafen.
Wieviel Uhr mag es jetzt sein? Neun vielleicht. Oder schon später? Daß ich hier nicht auf die Uhr sehen kann, läßt mir keine Ruhe. Ich knipse das Licht wieder an, stehe auf und gehe barfuß über den Flur. An der

Garderobe hängen Mäntel, sehen irgendwie aus wie Menschen.
Die Küchenuhr zeigt zwanzig Minuten nach neun Uhr. Ich ziehe die Vorhänge etwas zurück, sehe hinunter auf die Straße und die Dächer der parkenden Autos. Unseres ist nicht dabei, die Eltern sind damit unterwegs.
Hier am Küchentisch sitze ich manchmal. Meistens riecht es dann gut. Meine Mutter macht irgendwas, kocht oder backt, und ist vor allem da. Jetzt ist es nur dunkel, und es riecht nach gar nichts. Dafür tropft der Wasserhahn, und ich friere.
Ob ich mir Schinken aus dem Kühlschrank hole? Klar, mache ich einfach. Ich nehme eine Scheibe und hoffe, daß das niemand merkt. Kälte kommt aus dem Kühlschrank, steigt an mir hoch.
Jetzt lege ich mich ins Bett und schlafe ein, nehme ich mir vor. In einer halben Stunde sind die Eltern zurück. Aber obwohl ich mir das vornehme, weiß ich, daß ich es doch nicht schaffe. Deswegen gehe ich ins Wohnzimmer. Das Licht knipse ich nicht an, damit es die Eltern von unten nicht sehen können.
Ich taste mich zum Fernsehapparat, stelle ihn an und setze mich auf das Sofa. Damit ich die Eltern höre, wenn sie kommen, drehe ich den Ton ab.
Im dunklen Zimmer sitze ich auf dem Sofa, zieh' mir ein Kissen heran und wickele mich in die Decke. Nur mich und den Fernsehapparat gibt es hier, mit seinem großen, blauen, flimmernden Auge, in das ich sehe.

Hoffentlich schlafe ich nicht ein. Meine Eltern würden sich bestimmt ärgern, wenn sie mich auf dem Sofa vor dem Fernsehapparat finden. Aber ich schlafe sicher nicht ein, denn in dem Kasten vor mir streiten ein Mann und eine Frau. Ich brauche gar nichts zu hören, ich sehe alles ganz deutlich.
Sie schimpfen miteinander, laufen aufgeregt hin und her. Sie wirft eine Tür zu. Er reißt den Mund auf, brüllt. Und das alles ohne Ton. Sie läuft weg, er hinterher, dann reden sie wieder. Ich will das eigentlich nicht sehen. Aber ich sehe es trotzdem an.
Die Frau rennt jetzt zu einem Auto, wirft die Tür zu und fährt weg. Es ist Nacht. Ich bin alleine mit der Frau und dem Auto im Zimmer. Und es kommt mir vor, als würde ich mit der Frau im Wagen sitzen. Rasend schnell fährt sie auf einer dunklen Straße, vorbei an Alleebäumen. Ich will nichts mehr sehen, nicht mehr dabeisein. Das ist irgendwie schlimm, obwohl ich nichts höre. Aber ich verstehe es trotzdem. Kann mir alles vorstellen. Das läuft mir heiß über den Körper, kribbelt im Magen, regt mich auf, während sie durch die Straße rast.
Ich sehe nur das Steuerrad und ihre Hände. Jetzt schaltet sie den Scheibenwischer ein, es regnet. Die Straße ist rutschig. Häuser, Bäume, alles flitzt vorbei, gleich passiert was. Und dann drücke ich die Augen fest zu, taste mich zum Fernsehapparat und schalte ihn endlich ab.
Das war ja nur ein Film, beruhige ich mich. Die Frau war eine Schauspielerin. Aber das nützt mir nichts. Ich

muß an meine Eltern denken. Genau wie die Frau sind sie mit dem Auto unterwegs. Und sie sind keine Schauspieler. Müßten sie nicht schon zurück sein? Nein, ist ja erst viertel vor zehn. Ich sehe zur Straße hinunter und hinüber zu den Nachbarn. Bläuliches Fernsehlicht hinter den Scheiben. Wahrscheinlich sehen sie den gleichen Film. Jetzt höre ich ein Auto, aber es fährt an unserem Haus vorbei. Gleich kommen sie. Ich leg' mich schon mal hin. Die Nachbarin schläft wohl auch schon. Ich höre sie nicht mehr. Dafür höre ich plötzlich was ganz anderes. Das Telefon im Wohnzimmer, es klingelt ganz leise. Die Eltern haben es leiser gestellt, damit das Klingeln uns nicht weckt. Aber wenn es überall ruhig ist, hört man es trotzdem. Ob sie das sind? Ob sie anrufen wollen, um zu sagen, daß sie später kommen? Ich springe aus dem Bett, renne über den Flur. Als ich ins Wohnzimmer komme, ist das Telefon stumm. Das waren sie nicht, bestimmt nicht. Sie sind ja ganz sicher, daß ich jetzt schlafe, und deswegen rufen sie nicht an.

In fünf Minuten kommen sie, dann ist es endlich zehn Uhr. Wenn sie aufschließen, werden sie das ganz leise tun und sich dann wundern, daß die Tür zu meinem Zimmer offensteht und das Licht im Flur brennt. Morgen werden sie fragen, ob irgend etwas nicht in Ordnung war. Eigentlich müßte ich dann viel erzählen. Aber wahrscheinlich würde ich nur sagen: Ich konnte nicht einschlafen, oder sogar: War nichts Besonderes.

Drei Minuten noch. Langsam zähle ich bis sechzig, dann ist ungefähr eine Minute vorbei. Aber auch als ich dreimal bis sechzig gezählt habe, sind sie noch nicht zu Hause.
Jetzt ist es bestimmt schon zehn Uhr. Ne ... doch nicht, ich müßte ja dann die Kirchenglocken hören, aber die

sind noch stumm. Dafür grölt da unten ein Betrunkener. Sein Gegröle steigt aus den Hinterhöfen die Mauer hoch und zu mir ins Zimmer. Und dann wird es durch die Glocken übertönt.
Zehn Uhr ist es... und sie sind nicht da! Obwohl sie das versprochen haben. Von uns verlangen sie auch immer, daß wir pünktlich sein sollen.
Ob die Kirchenglocken falsch gehen? Ich glaube es nicht. Trotzdem stehe ich noch mal auf und sehe auf die Küchenuhr, denn auf die kann man sich verlassen, sagt Mutter immer. Nein... die Glocken stimmen. Es ist schon zwei Minuten nach zehn Uhr.
Ich ziehe den Vorhang ein Stückchen zurück. Die Parklücke, in der unser Auto meistens steht, ist immer noch leer. Auf der Straße fährt kein Auto. Und als dann endlich doch eines kommt, fährt es vorbei.
Zehn Minuten nach zehn ist es. Ich stehe am Küchenfenster, sehe hinunter und warte. Am liebsten würde ich heulen.
Dann höre ich wieder ein Auto. Das klingt wie unseres. Vierzehn Minuten nach zehn. Diesmal sind sie es wirklich. Schnell ins Bett! Eigentlich müßte ich jetzt mit ihnen schimpfen. Aber wenn ich damit anfange, drehen sie den Spieß bestimmt um und schimpfen mit mir, weil ich noch nicht schlafe.
Leise ziehe ich meine Tür zu, knipse das Licht aus und verschwinde im Bett. Als sie die Wohnungstür aufschließen, liege ich da, als würde ich schon stundenlang schlafen.

„Pst", höre ich meine Mutter im Flur. Dann öffnet sie vorsichtig die Tür zu meinem Zimmer. „Alles in Ordnung", sagt sie. „Hab' ich doch gewußt, wir hätten ruhig länger bleiben können."
Ich lasse ein halblautes, sehr echt klingendes Schnarchen hören und denke, daß ich das schlimm gefunden hätte, wenn sie noch später gekommen wären.
„Sie schlafen, mach doch bei Felix und Leo das Fenster noch mal auf, da riecht's wie in einem Affenstall."
Ich grinse in mein Kissen, als ich das höre. Das sieht jetzt alles so harmlos und glatt aus für meine Eltern, als wäre gar nichts gewesen. Haben die eine Ahnung. Jetzt sind sie im Badezimmer. Ich bin richtig froh, daß sie nicht noch später gekommen sind.

„So Werner, das war's", sage ich. „Und jetzt bin ich ruhig. Hab' mir sowieso schon Fransen an den Mund geredet, jetzt bist du dran."
Aber Werner sagt erstmal nichts. Den dunklen, matschigen Weg haben wir schon längst hinter uns. Wir schieben unsere Fahrräder auf dem Gehsteig unter den Straßenlampen. Und es lohnt sich auch gar nicht mehr, das letzte Stück zu fahren, denn da vorne wohnt Werner. Ein Glück nur, daß er seine Stimme nicht verloren hat. „Dabei hast du es noch gut", sagt er.
„Wieso?" will ich wissen.
„Bei dir liegen wenigstens deine Brüder im Nebenzimmer. Im Notfall könntest du sie aufwecken. Aber ich schlafe alleine im Haus, wenn meine Eltern weg sind.

Ich könnte dann wirklich 'ne Schwester oder 'nen Bruder brauchen."
Recht hat er ja, Felix und Leo sind da, obwohl ich sie wahrscheinlich nicht wecken würde. „Aber du könntest doch ...", will ich ihm vorschlagen.
Weiter komme ich nicht, denn sein Vater erwartet uns am Gartentor und sagt: „Da seid ihr ja endlich, deine Eltern haben angerufen und gefragt, wo du steckst. Du sollst dich beeilen."
„Tschüs!" rufe ich, schwinge mich auf mein Fahrrad und denke: Ach ne, ich darf keine fünf Minuten zu spät kommen. Dabei ist es jetzt erst sieben Uhr abends. Aber die Herrschaften kommen sogar nach zehn Uhr abends noch zu spät nach Hause.
Ich spiel' Rennfahrerin, trete voll in die Pedale. Wenn die Eltern schimpfen, werde ich ihnen die Geschichte von gestern abend erzählen, nehme ich mir vor. Aber eigentlich sollte ich das nicht nur erzählen, wenn sie schimpfen, sondern auf alle Fälle.
Ich leg' mich in die Kurve, biege in die Seitenstraße. Gleich werde ich zu Hause sein. Ganz schön dunkel hier. Was wollte ich vorhin dem Werner eigentlich noch vorschlagen? Ach ja, wenn seine Eltern abends mal unterwegs sind, kann er doch bei uns schlafen. Auf einen mehr kommt es bei uns auch nicht an. Das ginge bestimmt. Ich muß mal mit meinen Eltern darüber reden.

„Wie redest du eigentlich mit mir?"

Ich bin gerade noch vor dem Regen nach Hause gekommen und bringe die Schultasche in mein Zimmer, als Mutter aus der Küche ruft: „Werner, lauf doch schnell zum Kaufmann und hol einen Liter Milch! Und bring bitte Kaffeefilter mit, die großen!"
Ich ziehe meinen Parka an und renne durch den Regen zum Kaufmann. Schließlich kann ich mal 'ne Kleinigkeit besorgen, so oft verlangt sie das gar nicht von mir.

Beim Kaufmann muß ich warten, denn die Frau an der Kasse redet lange mit einer Kundin übers Wetter und daß man im Kaufhaus billige Pullover bekommt. Endlich bin ich dann mit dem Bezahlen dran.
„Danke", sagt meine Mutter, als ich die Milch und die Filtertüten in die Küche bringe und mir den Regen aus dem Gesicht wische. „Regnet's?" fragt sie, und während ich nicke, meint sie: „Du, das sind die falschen Filtertüten, die großen wollte ich, das sind die kleinen.

Tauschst du sie später um, wenn der Regen aufgehört hat?" Ich stöhne, und sie sieht mich überrascht an. „Da gibt's gar nichts zu stöhnen", meint sie. Regenmantel übergezogen und losgelaufen, weil ich's hinter mir haben will. Zehn Minuten später bin ich zum dritten Mal zu Hause, lege die Filtertüten auf den Küchentisch und gehe in mein Zimmer hinauf. Aber vor der Tür erwischt mich die Stimme meiner Mutter schon wieder: „Wie sieht denn die Treppe aus?"
Das kann ich mir genau vorstellen, denn ich habe vergessen, meine nassen Schuhe auszuziehen. „Jetzt

nimmst du einen Eimer und den Lappen und wischst die Treppe sauber!"
Stöhnend stehe ich da und wische wie ein Scheibenwischer, immer hin und her. Und während ich wische, redet sie: „Ich hab' keine Lust, ständig zu putzen, weil der Herr Sohn nicht aufpaßt. Du kannst dir endlich mal merken, daß du die Schuhe auszuziehen hast! Ich bin ja schließlich kein Papagei, der sich ständig wiederholen will!" Und so geht das weiter.
Über den Papagei grinse ich noch, weil ich sie mir mit bunten Federn vorstelle. Aber dann ärgere ich mich immer mehr, daß sie so ein Theater veranstaltet. Natürlich hat sie irgendwie recht, es macht bestimmt keinen Spaß, meinen Dreck wegzuputzen. Aber ich tue es ja selbst.
Als die Treppe sauber ist, gehe ich wieder in mein Zimmer. Ich bin schon fast am Schreibtisch, als ich sie wieder höre: „Werner!"
„Was ist denn jetzt los?"
„Räum deine Schuhe auf, die haben im Flur nichts zu suchen. Und putzen kannst du sie auch mal!" Sie meint damit aber nicht, daß ich die Schuhe irgendwann putzen könnte. Ich soll sie sofort putzen.
Ist das heute eine Meckerziege, denke ich. „Und du hast mehr als ein Paar Schuhe, die brauchen alle mal Schuhcreme", kommt noch.
Wütend putze ich vor mich hin. Das ist so 'n richtiger Unglückstag. Da kommt eines zum andern. Sie ärgert sich, weil ich was falsch gemacht habe, dann ärgere

ich mich über sie, weil sie so lange darauf herumhackt. Aber in der Zwischenzeit mach' ich wieder was falsch, irgendeine Kleinigkeit. Sie schimpft, ärgert sich, ich ärgere mich, werde wütend ... und so geht das weiter. Und weil ich keine Lust habe, mit den Füßen aufzustampfen oder so was, mache ich mit schwarzer Schuhcreme einen Flecken an die Wand, links unter die erste Treppenstufe. Da sieht ihn zwar niemand, aber ich hab' wenigstens irgendwas gemacht, worüber sie sich ärgern würde, wenn sie es wüßte.

Milch und Filtertüten geholt, Filtertüten umgetauscht, Treppe gesäubert, Schuhe geputzt und einen Wutfleck unter die Treppenstufe gemalt. Schon ganz schön viel dafür, daß ich erst eine halbe Stunde aus der Schule zurück bin. Aber damit ist alles erledigt, denke ich und erzähle beim Mittagessen, daß ich in der Englischarbeit eine Drei geschrieben habe. Eigentlich bin ich ganz froh darüber, obwohl ich in der Arbeit davor eine Zwei hatte. Aber die Zwei war wohl Zufall.

„Und ich setz' mich stundenlang mit dir hin und übe ... und dann nur eine Drei", meint sie dazu. „Wie ist denn der Klassendurchschnitt? Was hat denn Christa? Was hast du denn falsch gemacht? Bestimmt wieder nur geschludert, denn vorher konntest du doch alles ..."

Ich rutsche vor Schreck fast unter den Tisch. Eine Drei ist doch ganz gut, will ich sagen. Bringe das aber gar nicht mehr raus vor Ärger. Was ist denn heute nur los? Wir kommen überhaupt nicht miteinander aus. Viele

würden für die Zensur gelobt, nur ich nicht ... und überhaupt, ich soll immer ganz toll sein. Bin ich eben nicht.
Mir ist richtig zum Heulen, und meine Wut reicht für zwei. Deswegen sage ich plötzlich, was ich die ganze Zeit gedacht habe: „Ziege! Du bist 'ne richtig gemeine Meckerziege!" Laut klingt das, ich erschrecke selber. Sie ist erstmal ruhig. Das Wort „Ziege" steht groß über dem Tisch, den Tellern und uns beiden. Und jetzt klappt meine Mutter endgültig den Mund zu und die Hörner aus. Im nächsten Augenblick nimmt die Ziege wütend Anlauf, will nach mir stoßen und fragt laut: „Wie redest du eigentlich mit mir?"
Mitten im Anlauf bleibt sie dann stehen und meckert: „Jetzt gehst du auf dein Zimmer und kommst erstmal nicht runter! Meinst du, ich laß mir alles von dir gefallen?"
Ne, das braucht sie ja gar nicht. Aber was soll ich denn tun, wenn sie mich wütend macht, und wohin soll ich mit meiner Wut? Ich gehe jetzt auch nicht zu ihr und sage: Tut mir leid oder so was. Es tut mir nämlich gar nicht leid, und anlügen will ich sie auch nicht, wenn ich mich entschuldige.
Ich hocke in meinem Zimmer und denke an meine Ziege mit den gefährlichen Hörnern und Vorderbeinen. Meine Tür schließe ich ab. Kurz danach fährt sie weg. „Einkaufen!" ruft sie hoch. Ich stell' mich taub, obwohl ich mich schon nicht mehr so ärgere.
Ich sitze hier und kaue auf dem letzten Stückchen

Ärger herum. Einen Augenblick überlege ich, ob ich meinen Wutfleck im Keller vergrößern soll, aber dann lasse ich das.
Als ich wieder aufschließe, klingelt es an der Haustür. Meine Mutter! Aber ich mach' ihr die Tür nicht auf, denn sie hat gesagt: Du bleibst in deinem Zimmer. Und wenn sie den Schlüssel vergessen hat, ist das ihre Schuld.
Aber wenn ich ihr nicht öffne, wird sie noch wütender. So ein Mist ..., man kommt da nicht raus. Ob ich es doch tue? Und als es zum zweiten Mal klingelt, gebe ich nach und renne runter. Obwohl sie ja immer sagt: Du kannst nie nachgeben!
Ich reiße die Tür richtig auf. Aber da steht nicht meine Mutter, da steht Christa. „Klasse, daß du kommst", begrüße ich sie, denn ich mag sie richtig gerne.
„Was machst du denn so?" will Christa wissen. Ich erzähle ihr, daß ich auf meine Mutter wütend war und zu ihr gesagt habe, du bist eine Ziege. Natürlich ist sie in Wirklichkeit keine. Aber ganz kurz habe ich eben doch gedacht, sie wäre eine. „Und weil ich das nicht nur gedacht, sondern auch gesagt habe, gab es Krach und Stubenarrest."
„Darf ich dann überhaupt zu dir kommen?" fragt Christa. Ich weiß das nicht. Aber dann fällt mir ein: wenn wir beide in meinem Zimmer bleiben, tun wir genau, was meine Mutter verlangt hat. Und eigentlich weiß ich auch, daß meine Eltern Christa mögen und sich freuen, daß wir uns gegenseitig besuchen und ich jemanden

zum Spielen habe. Deswegen sage ich: „Du bleibst einfach hier."
Wir sitzen auf dem Fußboden in meinem Zimmer, basteln und legen dazu eine Schallplatte auf. „Du hast es gut, ihr habt ein ganzes Haus für euch drei", sagt sie, „kannst laut Musik hören. Bei uns geht das nicht. Da ist immer jemand, der sich gestört fühlt, die Geschwister, die Eltern oder irgendein Nachbar."

Eigentlich finde ich heute gar nicht, daß ich es so besonders gut habe. Sicher, das Haus ist schon toll. Aber wenn's zum Beispiel Krach gibt, kann ich mir nicht sagen: Du hast es gut, wohnst in einem prima Haus, also geht's dir prächtig. Gerade heute ... ne ...! Und da fällt mir ein: „An solchen Krachtagen wäre es richtig schön, wenn man auf Befehl krank werden könnte, statt immer saurer zu werden."
„Sehr gut wäre das ...", stimmt sie mir zu, und ich überlege laut weiter: „Es müßte so etwas wie einen Doktor geben, zu dem man gehen und sagen könnte: Guten Tag, Herr Doktor. Ich fühle mich heute nicht gut. Krach mit meiner Mutter. Richtig krank bin ich natürlich auch nicht. Aber es wäre schön, wenn ich es ein bißchen sein könnte. Gerade so, daß es nicht wehtut und nicht gefährlich ist. Dann kommt meine Mutter nämlich alle halbe Stunde zu mir und fragt freundlich: „Wie geht's denn? Brauchst du irgendwas?"
„Pillenschlucken darf auch nicht sein, oder die Pillen müßten sehr lecker schmecken", meint Christa. Ich schlage Pillen mit Gänsebratengeschmack vor, und sie sagt: „So einen Doktor, der einen nicht gesund macht, sondern ein schönes bißchen krank, müßte man erfinden!"
Und weil wir ihn jetzt erfunden haben, gibt's ihn auch. Damit das ganz klar wird, male ich ein Schild: „Dr. Christa Krankmacher" steht darauf. Die Christa zieht sich ein Bettlaken über, ihre Krankmacheruniform ist das. Ich stehe vor der Tür und klopfe.

„Herein", sagt sie. „Wo fehlt's denn?"
„Ach ... Frau Doktor ... da und da und da." Ich zeige überallhin und dann vor allem auch noch zum Kopf.
„Dort natürlich auch."
„Und was fehlt?"
„Vor allem eine Zwei in der Englischarbeit. Und weil die fehlt, meckert meine Mutter. Es wäre also sehr gut, wenn ich so ein kleines bißchen krank sein könnte."
„Hm, hm", meint die Doktorin und geht um mich herum. Immer wieder stupst sie mich an, immer stärker stupst sie, bis sie mich richtig stößt und ich hinfalle. „Jaja", sagt sie, „ganz schwach auf den Beinen, ein sehr schlechtes Zeichen. Er fällt sofort um. Da liegt er schon!" jammert sie und fragt: „Wie wäre es mit dem gefährlichen, doppelten Bauchmumps? Eine sehr angenehme Krankheit, völlig schmerzlos. Man hat keine dicken Backen wie bei dem richtigen Mumps, sondern einen dicken Bauch. Den bekommt man leicht, wenn man zwei Tafeln Schokolade oder Ähnliches futtert."
„Prima Krankheit", sage ich, „die nehme ich sofort, geben Sie her, Frau Doktor!" Damit das mit dem Bauchmumps schneller geht, stecke ich mir ein Kissen unter den Pullover. Die Schokolade will ich später aber dennoch essen.
„Wie wäre es mit einem Pfund Grüneln dazu?" fragt sie. „Im Unterschied zu den Röteln sind Grüneln grün, grüne Punkte im Gesicht. Garantiert harmlos und abwaschbar. Beides zusammen – Bauchmumps und Grüneln – sieht herrlich aus."

Sie holt Farbe und einen dicken Pinsel und bemalt mich mit grünen Punkten. „Auch einige gelbe sollte man nicht vergessen, damit das bunter wird", erklärt sie und will wissen: „Fehlt noch was?"
„Ne danke, das reicht." Jetzt ist sie dran, und ich trage die Krankmacheruniform. „Ach, Herr Doktor", sagt sie, „bin krank."
„Sie auch?"
„Klar... und wie... da und da und da fehlt es." Ich stelle bei ihr einen schweren Haarspitzenschnupfen fest. „Und damit ist nicht zu spaßen", erkläre ich. „Aus einem einfachen Haarspitzenschnupfen kann leicht ein gefährlich glänzender Glatzkopf werden. Damit's nicht dazu kommt, muß man den Kopf verbinden, dann bleiben die Haarspitzen schön warm."
Ein Kissen auf den Kopf, Schnur um den Kopf und das Kissen. „Aber was machen wir mit den Ohren, die sind ja noch frei?" frage ich. „Gerade die Ohren sind nämlich bei dieser Krankheit sehr gefährdet, die können leicht abbrechen. Dann hat man Ohren gehabt, steht traurig und ohne Ohren herum. Deswegen müssen sie festgebunden werden, so verliert man sie nicht, wenn sie schon unbedingt abbrechen wollen. Dann bleiben sie nämlich an der Schnur hängen, und man kann sie mit Ohrenkleber leicht wieder ankleben."
Schließlich sind auch die Ohren fest an Christas Kopf gebunden, und wir sehen uns zufrieden an. An meine Mutter und den Stubenarrest denke ich schon längst nicht mehr. Wir spielen, machen Quatsch und finden's

prima. Schwerkrank liege ich auf dem Teppich und Christa auf dem Sofa. Dazu stöhnen wir ganz hervorragend.
Vor lauter Stöhnen hören wir nicht, daß meine Mutter kommt. Plötzlich steht sie im Zimmer. Erschreckt springen wir auf. Mutter dreht sich einfach um und geht raus.
„Sie ärgert sich immer noch!" befürchtet Christa. Bevor ich was dazu sagen kann, ruft Mutter: „Werner, komm mal in die Küche!" Ich gehe die Treppe hinunter. „Wie siehst du denn aus?" fragt meine Mutter. „Grün", sage ich, „wir haben Kranksein gespielt, ich habe die Grüneln."
Als ich sie jetzt ansehe, merke ich, daß sie bestimmt nicht mehr so böse wie vorhin auf mich ist. Und sie sagt: „Ziegenbock ..., wo sind denn eigentlich deine Hörner? Irgendwie müßte man die doch spüren."
Sie streicht mir über die Stirn. „Da", sagt sie, „man spürt sie ganz deutlich." Ich streiche ihr auch über die Stirn. „Bei dir aber auch", sage ich.
„Klar, schließlich sind wir ja miteinander verwandt. Und eigentlich sind Ziegen nette Tiere. Nur schade, daß sie Hörner haben, an denen sie sich stoßen oder mit denen sie andere stoßen."
„Eigentlich sind Ziegen wirklich nette Tiere", sage ich jetzt. Dazu drehe ich mich um, weil ich unter meinem Grün ein bißchen rot werde, als ich das sage. Und ich will nicht, daß sie das sieht.
„Wir spielen noch ein bißchen Krankmacher. Den

Beruf müßte es wirklich geben, wenn es so doof ist, wie es vorhin bei uns war."
„Kommt runter, wenn ihr wieder gesund seid. Ich hab' zwei Stückchen Friedenskuchen mitgebracht. Und an Christa muß jeder von seinem Stück was abgeben."
Meine Mutter sieht so aus, als wäre sie froh, daß das

wieder alles in Ordnung ist. Ob ich so aussehe, weiß ich nicht. Aber ich bin auch froh, sehr sogar. Nur, sagen will ich es nicht. Vielleicht will ich es sogar, aber ich kann's nicht.

Christa fragt gleich: „Wie war's denn?"

„Alles in Butter. Die Ziege ist keine mehr, die Hörner sind ab."

„Und was spielen wir jetzt?"

„Kuchenessen", schlage ich vor. „Ist ein schönes Spiel."

„Davon kann man aber Bauchmumps bekommen", warnt Christa.

„Bei zwei Stückchen für drei Leute bestimmt nicht", sage ich. Dann gehen wir ins Wohnzimmer zum Kuchenessen.

Christa erzählt:

„Wir müssen zu Friedrichs!"
(Eine Sonntagsgeschichte)

Ein lahmer Montagnachmittag. Leo hat Sport, Felix ist mit Mutter im Kindergarten, die basteln heute nachmittag. Also nicht mal jemand da, mit dem man sich richtig zanken kann. Und Vater..., der kommt sowieso erst am Abend.
Ich lieg' mit dem Rücken auf dem Teppich in meinem Zimmer und guck' mir den dunklen Flecken an der Zimmerdecke an. Der sieht aus wie ein spazierengehender, zweibeiniger Pfannkuchen. Dann sehe ich zum Schreibtisch rüber und von dort schnell wieder weg, denn da türmt sich ein Berg Schularbeiten. Und ich hab' noch gar keine Lust, über diesen Berg zu klettern.
Die Wohnung ist wie leergefegt. Sonst hört man hier eigentlich immer irgendwelche Stimmen. Ruhig ist es nie, und deswegen fühlt man sich auch nie alleine. Aber heute kommt mir das fast so vor wie bei Werner,

der keine Geschwister hat, und der oft alleine herumsitzt.
Wo war er eigentlich heute nach der Schule? Ach so ..., die Jungen haben am Montag eine Stunde früher Schluß. Deswegen gehe ich montags immer alleine nach Hause und kann Werner mir nichts erzählen. Ob ich ihn mal anrufe?
Die Nummer kenne ich in der Zwischenzeit auswendig. Erst tutet's, dann knackt's. Er ist gleich am Apparat.
„Tach, Werner, prima, daß du zu Hause bist."
„Ich hock' hier so rum", sagt er. „Meine Mutter ist weggefahren. Das ist heute genauso lahm wie gestern, da hab' ich übrigens versucht, dich anzurufen, wollte wissen, ob du kommst. War ein langweiliger Sonntag ... bißchen fernsehen ... bißchen lesen ... bißchen für die Schule lernen ... bißchen rumliegen, war bloß ein bißchen Sonntag."
„O Mann, bei mir war das ganz anders, erstmal prima, dann ziemlich doof und dann ..., aber das muß ich dir unbedingt erzählen:
Wir sind weggefahren, alle fünf, Pilzesammeln. Und wir haben auch eine ganze Menge gefunden, vor allem Maronen. Ich war schon sicher, daß das ein guter Tag wird. Aber man soll nie sicher sein, denn plötzlich war dann alles ganz anders. Da hieß es mitten im Wald: „Beeilt euch! Wir müssen nach Hause zum Mittagessen und dann zu Friedrichs."
Im Wagen fragt Leo: „Wer sind denn die Friedrichs?"
„Der Mann ist ein Kollege von mir", erklärt Vater.

„Die haben Kinder in eurem Alter!" lockt Mutter uns. „Muß das mit den Friedrichs sein?" frag' ich trotzdem. „Das muß sein", meint Vater und steckt den Schlüssel ins Zündschloß. Dazu nickt Mutter in den Rückspiegel, und dann fahren wir holpernd und sehr schnell aus dem Pilzwald. Am liebsten würde Vater zu Hause die Treppe hochfahren, damit alles noch schneller geht. Es ist nämlich schon kurz nach ein Uhr. „Und um drei Uhr treffen wir uns bei Friedrichs."
Beim Mittagessen vergesse ich fast, daß der Vormittag gut war. Vater wirft Blicke über die Kartoffeln und die Sauce, daß einem die Gabel aus der Hand fallen könnte, wenn man sich nicht dran festklammern würde. Stimmt schon, den Schönheitspreis für hervorragende Tischmanieren hat keiner von uns verdient. Aber so schlimm wie Vater heute tut, ist's nun wirklich nicht. Er sitzt da und blubbert wie unser großer, aber nicht mehr ganz dichter Schnellkochtopf. „Leo! Du hältst deine Gabel in der Hand wie 'ne Mistforke. So faßt man keine Gabel an. Das macht man so ..." Und er führt das Leo und uns allen vor.
Damit auch jeder sein Fett abbekommt, knurrt er mich an: „Schieb nicht unseren Kartoffelvorrat für den gesamten Winter auf einmal in den Mund."
Der Satz klingt irgendwie lustig, und Felix, unser Kleinster, lacht sich darüber kaputt. Natürlich geht das schief, denn er hat Kartoffeln, Sauce und Fleisch im Mund. Hinunterschlucken und Prusten gleichzeitig .., das klappt einfach nicht, dabei geht einiges auf die

Tischdecke. Und so bekommt auch Felix sein Sonntagsfett ab.
„Dem müssen wir wohl auch langsam Manieren beibringen!" Das sagt Vater sehr laut, und das ist überhaupt kein bißchen spaßig gemeint.
Und dann essen wir also möglichst manierlich. Steif und angestrengt sitzen wir da, bis ich kichern muß.
„Was gibt's denn da zu grinsen?" fragt Vater.
„Wir sitzen alle so komisch da", meine ich.
„Nicht komisch, endlich mal normal. Beeilt euch jetzt!"
Das ist gar kein schönes Essen mehr, obwohl es richtig gut schmeckt. Mutter hat sich Mühe mit dem Kochen gegeben. Vater wird immer ungeduldiger, kurz darauf explodiert er fast, weil ich beim Abräumen Sauce auf den Teppich geschüttet hab'. „So viel kann doch unmöglich ein Mensch alleine kleckern", schimpft er. Ich antworte: „Doch", und wundere mich gleich darauf, was ein Wort anrichten kann. „Sofort wischst du alles auf, den Fleck, die Küche und den Eßtisch im Wohnzimmer!"
Während ich wische, läßt Vater die Katze aus dem Sack: „Ich möchte, daß ihr euch heute endlich mal vernünftig benehmt. Ich will nicht, daß ihr mich bei Friedrichs blamiert."
Selbst Mutter sieht ihn jetzt erstaunt an, meint: „Na na, Väterchen." Aber er reagiert gar nicht darauf. Sonst klappt das oft ganz gut, daß er irgendwelche Sachen, die streng klingen könnten, witzig sagt oder wenig-

stens halbwitzig. Davon ist jetzt nichts mehr übriggeblieben.
Felix geht das wohl am meisten an die Nieren. Der verträgt so was am wenigsten, ist auch noch jung und an so was nicht so recht gewöhnt. Deswegen heult er los wie ein Schloßhund.
Danach machen wir uns für den Sonntagsbesuch bei Friedrichs zurecht. Aber recht machen wir es damit niemandem. Als ich, angezogen wie immer, meinen Eltern auf dem Flur unter die Augen komme, wirft Mutter einen strafenden Blick auf mich und will wissen: „Wie siehst du denn aus?"
„Wie immer", sage ich, sehe in den Flurspiegel und stelle fest, daß ich wirklich aussehe wie immer.
„Könnt ihr euch nicht wenigstens am Sonntag mal anders anziehen?"
Ich ziehe also die Jeans aus und hole meine Cordhose. Aber im Flur gibt's dann wieder Theater. „Warum ziehst du denn nie einen Rock an?"
„Rock ist blöd. Felix und Leo haben ja auch keinen an." Ich finde meine Antwort wirklich lustig und jede Wette ..., sonst hätten Vater und Mutter auch darüber gelacht. Bestimmt. Aber heute ist alles anders. „Laß deine frechen Antworten", heißt es.
Ich ziehe mich also zum dritten Mal um. Im Flur wird mir dann klargemacht, daß der Rock ganz nett aussieht. „Aber die Schuhe ..., die passen überhaupt nicht." Das heißt, gepaßt hätten sie schon, aber nicht dazu.

Vater steht im Anzug da, den er sonst wirklich nur anzieht, wenn er ins Theater geht. Und deswegen fragt Leo dummerweise: „Gehen wir ins Theater?"
„Nein, zu Friedrichs, und deren Kinder sind bestimmt besser erzogen als ihr."
Mir liegt eine Frage auf der Zunge: Wer hat uns denn

erzogen? Zum Glück kann ich mich gerade noch beherrschen, sie zu stellen. Der Flur ist ziemlich eng, zu eng, um schnell einer Kopfnuß auszuweichen. Wir brauchen gar nicht ins Theater zu gehen. Das ganze ist schon Theater genug. Und bisher war das nur der erste Akt. Jetzt beginnt der zweite.
Während alle anderen fertig verkleidet im Flur stehen, findet sich Mutter nicht fein genug. „Welche Kette soll ich denn umlegen?" fragt sie Vater.
„Nimm die!" schlägt er vor und zeigt auf die einzige, die ganz sicher nicht paßt.
„Hast wohl keine Augen im Kopf?" fragt sie ihn.
„Papa hat keine Augen im Kopf! Papa ist blind!" brüllt Felix. „Und Blinde sollen auf keinen Fall Autofahren. Wir bleiben zu Hause!" Aber das kommt nicht in Frage, denn unser blinder Vater treibt uns mit Blicken an. Jetzt stehen wir im Hausflur und sehen richtig festlich aus. Für unsere Augen jedenfalls. Für die Augen der Eltern wirken wir höchstens manierlich.
Wahrscheinlich denkt Mutter noch daran, daß Felix am liebsten zu Hause bleiben würde, deswegen hält sie eine kleine Ansprache: „Ich wollte euch schon lange mal sagen, daß der Sonntag ein Familientag ist. Wenigstens am Sonntag könnt ihr mitkommen, ohne euch wie verrückt aufzuführen!" Die Ansprache hält sie lautstark im Treppenflur.
Vater meint dann: „Nicht so laut, denk an die Nachbarn!"
„Die interessieren mich nicht", zischt Mutter wütend.

Doch das stimmt nun überhaupt nicht. Denn wir hören oft genug von ihr: "Ruhiger, denkt doch daran, daß wir Nachbarn haben."
Vater ist jetzt sauer auf Mutter, weil sie ihn so angezischt hat. Er bekommt einen ganz dünnen Mund. Man kann sich in so einem Augenblick überhaupt nicht vorstellen, daß er sonst ganz prima lachen kann.
Familie Friedrichs kann ich in der Zwischenzeit überhaupt nicht mehr leiden, obwohl ich sie noch nie gesehen habe. Aber ich stelle sie mir vor und zwar sehr streng, die Eltern jedenfalls. "Und die Kinder sehen bestimmt aus wie Aufziehpuppen", sage ich zu Leo.
"Klar", gibt er mir recht. "Denen steckt ein Schlüssel im Rücken. Wenn wir ihn finden, ziehen wir sie auf und lassen sie ständig rumwetzen."
Wir gehen zum Wagen. Als Mutter ihre Tür öffnet, sagt sie den Satz, der Vater zum Kochen bringt, wenn er kurz vor dem Kochen ist. Eigentlich ist das ein ganz normaler Satz, er heißt: "Ich finde meine Brille nicht."

Die findet sie wirklich ziemlich oft nicht. Man könnte fast auf die Idee kommen, daß das Brillenvergessen oder -verlegen ein Hobby von ihr ist. Manchmal lachen wir darüber. Aber heute nicht.
Während wir ganz ruhig dasitzen, steigt sie aus dem Wagen. Vater klammert sich am Lenkrad fest, und als Felix anfängt, im Wagen herumzuklettern, donnert er ihn an: "Bleib endlich ruhig sitzen!"
Ruhig wie 'ne Trauergemeinde sitzen wir da. Vater

blickt immer wieder warnend in seinen Rückspiegel. Er sieht aus wie ein Dompteur vor seiner Löwenherde. Ich höre richtig die Peitsche knallen. Gleich läßt er uns durch einen brennenden Reifen springen, stell' ich mir vor und grinse mir eins.
Vater sieht jetzt ständig auf die Uhr. Es ist nämlich schon nach drei, und um drei sollten wir bei Friedrichs sein. Aber Mutter findet ihre Brille nicht. Wenn ich jetzt noch sage, daß ich aufs Klo muß, hätte ich keinen Vater mehr gehabt, weil es ihn dann vor Ärger zerrissen hätte. Deswegen sage ich das nicht, damit es ihn nicht zerreißt, denn wir brauchen ihn ja. Aber dafür zerreißt es mich innerlich.
Und dann hupt er ... auweh. So eine Antreiberei findet Mutter blöd. Sie kommt jetzt einfach nicht. Fünf Minuten warten wir mindestens, bis Vater aussteigt, die Wagentür zuknallt und die Treppen hochsteigt, um sie zu holen. Wir warten, denn jetzt kommen beide nicht herunter. „Erst hetzen wir uns ab, und dann kann es ihnen nicht langsam genug gehen", sagt Leo.
Mindestens fünf Minuten dauert es, bis sie wiederkommen. Zum Glück hat Mutter ihre Brille gefunden. Stocksteif gehen meine Eltern nebeneinander. Sonst fassen sie sich oft an, diesmal nicht. Und als sie dann im Wagen sitzen, sprechen sie kein Wort. Ich glaube, sie haben miteinander gestritten.
Endlich fahren wir los. Ein bißchen ruckartig zwar, und Vater schimpft wegen jeder Kleinigkeit auf die Sonntagsfahrer da draußen. Aber immerhin, wir fahren.

Zwanzig nach drei kommen wir an. Mutter fällt vor Friedrichs Haus ein, daß wir keine Blumen mithaben. „Soll ich welche aus dem Vorgarten klauen?" frage ich. Das sollte ein Witz sein. „Untersteh dich", verwarnt Vater mich und geht voran wie ein kleiner General.
Wir, seine Soldaten, hinter ihm her. Als wir alle vor der Tür versammelt sind, quält er sich ein Begrüßungslächeln ab, obwohl er sich bestimmt noch ärgert.

Frau Friedrichs steht vor uns. Ich kringle mich innerlich vor Lachen, als ich sie sehe. Die hat Jeans an, und Herr Friedrichs erscheint ohne Krawatte. Auch ihre Kinder sehen nicht gerade wie Sonntagskinder aus. Und Aufziehschlüssel stecken auch nicht in ihren Rücken.
„So feierlich?" wundert sich Herr Friedrichs.
„Machen wir sonst nie", platzt Leo raus.
„Wußte doch nicht, wie das bei Ihnen ist...", sagt mein Vater und schiebt uns alle durch die Tür in den Flur. Plötzlich ist er irgendwie anders. Er faßt sogar meine Mutter wieder an.
Ich kann endlich aufs Klo gehen, wird auch höchste Zeit.
Danach spielen wir mit den Friedrichs-Kindern, die wirklich nett sind. Später futtern wir Kuchen und krümeln dabei wie die Weltmeister, und damit wir nicht zu trocken krümeln, gibt's Kakao dazu.
Als wir nach einer Stunde runterkommen, hat Vater schon keine Krawatte mehr um. Seine Jacke hängt über dem Sessel, und ein Glas Wein steht vor ihm. Man kann sich wieder zu ihm setzen.
„Wie siehst du denn aus?" frag' ich ganz leise, während die anderen sich unterhalten. „Heute ist doch Sonntag, da kann man doch nicht einfach so ohne Krawatte..." Er stupst mich an, grinst und antwortet genauso leise: „Bin manchmal komisch, stimmt's? Aber ich will das eigentlich nicht sein. Ich hatte einfach keine Ahnung, wie das hier zugeht. In der Firma ist Herr

Friedrichs so ein ganz Korrekter. Vielleicht verstellt er sich dort. Tun wir ja alle manchmal ein bißchen."
Als meine Eltern später zum Aufbrechen drängen, protestieren wir: "Jetzt schon?" Im Wagen meint Mutter dann: "Nette Leute, die Friedrichs, so natürlich, ganz normal. Sie besuchen uns bald mal."
"Auja!" freuen wir uns. Felix darf jetzt auch im Wagen herumklettern, niemand schimpft mehr darüber. Als wir fast zu Hause sind, meint Mutter plötzlich: "Meine Brille! Ich glaub', die habe ich bei Friedrichs vergessen."
Ohne zu meckern, fährt Vater zurück. Auf einer Nebenstraße fährt er sogar mal kurz in Schlangenlinien, obwohl er so was normalerweise nicht tut. "Oder nur, wenn ich sehr gute Laune habe", erklärt er uns.
Zu Hause frage ich dann, ob ich mich wieder umziehen kann. "Mach schon", sagt er. Mutter lacht, gleich darauf sind wir alle angezogen wie immer.
Es ist übrigens ein prima Sonntagabend geworden. Wir haben noch lange miteinander gespielt, zusammengesessen und geredet. Vater, Mutter, Leo und ich, die ganze Familie. Das heißt, eigentlich haben Leo, die Eltern und ich geredet. Felix hat vor allem dazwischengequatscht.

"Mensch, Werner, ich merk' gar nicht so richtig, daß ich schon 'ne Viertelstunde in dein Ohr rede. Tut's dir weh? Oder hast du eingehängt? Bist du noch am Telefon?"

„Klar", sagt Werner. „Ich überlege nur, wie das bei uns ist. Muß ich dir mal erzählen. Mir fällt da eben auch eine Sonntagsgeschichte ein. Ist schon ein paar Wochen her. Hast du noch Zeit?" fragt er.

„Eine ganze Menge", sag' ich und strecke meinen Schularbeiten die Zunge raus. Leider sehen die das nicht, weil sie in meinem Zimmer auf mich warten und ich hier im Wohnzimmer hocke. „Ich komm' gleich wieder", höre ich Werner, „hol' mir nur schnell was zu trinken."

Es ist jetzt ruhig im Telefon. Ich erzähle Werner richtig gern was und laß mir gern was von ihm erzählen. Und da höre ich seine Schritte im Zimmer, obwohl er einige Straßen weit von uns entfernt wohnt. Jetzt wird er gleich seine Sonntagsgeschichte erzählen. Das Telefon ist wirklich eine prima Erfindung, fällt mir ein.

Werner erzählt

„Werner, sei ruhig, wir wollen schlafen!"
(Noch eine Sonntagsgeschichte)

Plötzlich taucht das Strichmännchen klein, schwarz und ganz knapp vor mir auf. Ich hab' die Augen fast zu, aber es ist da und sieht mich vom Bettpfosten aus an. Ich hab' es mit Filzstift auf das helle Holz gemalt.
Die Schule fällt mir ein. Ich reiße die Augen auf und erschrecke. Warum liege ich überhaupt noch da? Verflixt, warum sind die Eltern nicht aufgestanden? Gleich wird meine Mutter loslegen: „Werner, beeil dich! Es ist schon nach sieben Uhr!"
Aber da fällt mir ein, daß das heute nicht passieren wird, denn heute ist Sonntag. Und ich möchte aus dem Bett springen, so gut finde ich das.
Ich springe nicht aus dem Bett, liege nur so da, streichle den Strichmann am Bettpfosten und wünsche ihm: „Guten Morgen". Er antwortet nicht. So einer kann nicht reden, der kann nur dasein und mich mit seinen Punktaugen angucken. Ich wundere mich

jetzt, daß ich vergessen habe, ihm ein Lachen unter die Augen ins Gesicht zu malen. Das nehme ich mir für nachher vor.
Ich nehme mir vor ..., oje, diese Wörter hätte ich lieber nicht denken sollen. Meine Eltern haben mir nämlich gestern schon allerhand vorgenommen. „Das liegt hier wieder alles kreuz und quer, räum endlich auf!" hat Vater gesagt. Was heißt hier gesagt, gefordert hat er es. Und weil er gerade so schön am Fordern war, kam dann noch: „Morgen ist Sonntag, da hast du ja genug Zeit zum Aufräumen."
Morgen ist Sonntag. Und wenn er gestern „morgen" gesagt hat, meint er damit heute. Klar, also jetzt ist Sonntag, und ich liege da und mag auf keinen Fall daran denken, daß ich aufräumen soll. Denn erstens tue ich das nicht gerne und zweitens nicht am Sonntag.
Ich schlage die Bettdecke über das Gesicht, kneife die Augen zu und bin sicher, daß mein Zimmer schön aufgeräumt sein wird, wenn ich die Augen wieder öffne. Ich meine schön, wie sich das meine Eltern schön vorstellen. Irgendein Heinzelmann wird sich für das Aufräumen schon finden. Aber Pustekuchen, als ich die Augen öffne, merke ich, daß die Heinzelmännchen ausgewandert sind. Denn direkt vor meinem Bett liegt wie vorher das Durcheinander aus Legosteinen, Fischertechnik, Büchern, Bausteinen, und mittendrin thront Herr Asterix auf meinen zwei Lieblingspullovern. Wenn Mutter die sieht, wird sie bestimmt sagen:

„Häng sie doch wenigstens in den Schrank zurück, wenn du sie ständig anziehst."
Ich soll also aufräumen. Und obwohl heute Sonntag ist, kommt mir das wie ein „Soll-Tag" vor. Ich soll Futter für die Meerschweinchen holen, soll die „Dankeschön-Briefe" schreiben, obwohl mein Geburtstag schon längst vorbei ist, soll für die Mathearbeit üben, soll meine Schulhefte einbinden. Und Kinderarbeit soll nicht sein, ist schon lange verboten.

Meine Eltern in ihrem Schlafzimmer hinter der gelbgestrichenen Wand sollen auch etwas: sie sollen endlich aufstehen. Das wäre richtig gut, wenn sie jetzt ihre Füße über den Bettrand schieben würden. Aber sie schlafen am Sonntag lange. Ist irgendwie klar, sie müssen ja sonst immer früh raus. Nur schade, daß ich in der Zwischenzeit nicht weiß, was ich tun soll. Bei Christa kann ich jetzt auch noch nicht anrufen, denn ich will ja schließlich kein Wecker für ihre ganze Familie sein.

Meine Eltern liegen in ihren Betten und sind zu faul zum Schnarchen. Ich kenne das schon, das ist meistens so, wenn sie am Samstagabend weggehen. Morgens gucken sie dann, als wären sie gerade aus dem Aschenbecher gekrochen. Aber sie sehen nicht nur so aus, sie riechen vor allem so. Den Zigarettenmief schleppen sie als Sonntagmorgenüberraschung bis an den Frühstückstisch mit. Manchmal kommt Bier- oder Weingeruch dazu, und wenn ich Vater frage: ,,Wie kommt denn das?" antwortet er: ,,Das kommt davon."

Klar, die stehen nicht so schnell auf, obwohl das schön wäre. Wir hätten richtig Zeit füreinander. Das könnte ganz anders sein als am Montag, Dienstag, Mittwoch, Donnerstag, Freitag und Samstag.

Diese Wochentage fangen meistens gar nicht gut an. Da heißt es zur Begrüßung: ,,Werner, aufstehen! Es ist schon sieben Uhr." Danach höre ich: ,,Beeil dich!" Oder auch: ,,Hättest du deine Tasche gestern abend

gepackt, müßtest du dein Deutschheft jetzt nicht suchen."
Der Mann im Radio redet ständig im unpassenden Augenblick dazwischen: „Sieben Uhr und fünfundzwanzig Minuten", meint er fröhlich. Mutter interessiert als nächstes ganz brennend: „Hast du deine Zähne geputzt und dich richtig gewaschen?" – Und dann: „Mensch, ist das spät, heute abend gehen wir früher ins Bett!" Das sagt sie übrigens fast jeden Tag, dabei sieht sie meinen Vater an, der matschig neben mir sitzt und sich mit einer Brotscheibe beschäftigt.
Es kommt dann noch einiges: „Hast du deinen Apfel mit? Mußt du jeden Tag etwas Neues anziehen? Ach, du hast deinen gelben Pullover nicht gefunden, dann räum doch mal auf! Nein, zum Umziehen ist jetzt keine Zeit mehr, beeil dich!"
Dann sagen wir alle „Tschüs" und laufen los. Im letzten Augenblick meint Vater, daß es bei ihm heute abend später werden könnte.
Klar, so ein Morgen ist Menschenmißhandlung. Aber obwohl heute ein anderer Morgen sein könnte, einer mit Ausschlafen und Rumtrödeln, kann ich nicht mehr einschlafen. Ich hab' mich wachgedacht, liege da und werde immer wacher, obwohl das eigentlich schon nicht mehr geht, denn wacher als wach, das gibt's nicht. Es ist Sonntagmorgen, und wir könnten jetzt ..., ja ... was könnten wir denn alles tun?
Gar nichts können wir tun, denn die schlafen noch. Ob ich alleine aufstehe und losgehe? Ich stelle mir vor,

daß das draußen toll sein könnte, so früh am Morgen. Kein Mensch in der Stadt. Hinter der gelben Wand höre ich immer noch nichts. Komisch, daß heute niemand schnarcht. Und ich liege da und stelle mir was vor. Ich stelle mir nämlich vor, ich ginge jetzt auf die Straße hinaus, denn es ist heute schön draußen, so richtig zum Losgehen. Ich male mir das ganz genau aus.
Als ich im Flur stehe, höre ich keinen Ton. Es ist so, als wäre ich ganz allein im Haus. Ich gehe die Stufen hinunter und stehe vor der Haustür. Dann drücke ich den Griff, ziehe langsam die Tür auf, gehe am Nachbarhaus vorbei. Da wohnen die mit dem ziemlich glattgeschorenen Pudel, von dem Vater sagt: „Der sieht aus wie eine gerupfte Weihnachtsgans, nur sein Bellen klingt anders." Aber nicht mal der Pudel kläfft heute.
Ich gehe weiter zur Haltestelle, wo sonst die Leute stehen und dem Bus entgegensehen. Erwachsene mit Aktenmappen, Kinder mit Schultaschen. Heute steht da kein Mensch. Es ist still in der Straße, hinter den Fenstern schlafen die Leute.
Ich stecke die Hände in meine Hosentaschen und finde dabei einen Kaugummi. Kauend gehe ich die Straße hinunter, an den Zäunen vorbei. An den Bäumen in den Gärten hängen keine Blätter. Klar, können sie auch gar nicht, die hat der Herbst vor einiger Zeit vom Ast geschubst, so einfach dagegen geblasen, und da sind sie runtergefallen.
Ich geh' die Nebenstraße hinunter, als müßte ich zur

Schule. Aus diesem Haus kommt manchmal der Bernd, so'n Kleiner aus der dritten Klasse. Seine Mutter steht im ersten Stock hinter der Scheibe und winkt ihm zu. Bernd erzählt meist gleich was: „Wir schreiben heute eine Arbeit, und ich kann die Aufgaben nicht richtig. Unser Lehrer sagt zwar immer, wir sollen fragen, wenn wir was nicht verstehen. Aber wenn einer fragt, tut er so, als wäre der doof. Jedenfalls fühlt man sich dabei so."

Bis zur Schule will ich nicht gehen, obwohl ich in zehn Minuten dort wäre. Das Schulgebäude ist heute ganz leer. Auf dem Pausenhof, in den Klassenzimmern, nirgends ein Kind und nirgends ein Lehrer. Sogar die Kreide liegt ganz allein herum und ärgert sich, daß sie nichts zu quietschen und zu malen hat. Und dann stelle ich mir vor, daß nicht nur die Schule leer ist, sondern die ganze Stadt.
Ich bin alleine in der Stadt. Ich gehe zum Kaufhaus, die Tür ist nur angelehnt, Selbstbedienung für mich. In der Süßwarenabteilung frühstücke ich erstmal ein Nußpralinenfrühstück.
Aus der Lebensmittelabteilung hole ich mir dazu eine dicke Scheibe Schinken und esse sie ohne Brot. Als ich satt bin, fahre ich mit dem Rennrad an den Kassen vorbei, wo man sonst immer warten muß. Ich fahre durch die großen Räume ohne Menschen und packe mir die Taschen voller Bonbons und Kaugummis.
Schließlich finde ich das Trampolin, so ein großes Hüpfding. Ich packe es und stoße und schleppe es hinaus, denn ich will ganz hoch springen. Da steht es nun auf der leeren Straße zwischen zwei Kaufhäusern.
Ich nehme Schwung und springe ab, ich nehme noch mal Schwung und hüpfe schon höher und dann schließlich riesenhoch, so hoch, daß ich den Kaufhäusern aufs Dach sehen kann.
Ich bin unheimlich hoch oben, und die Schule unten sieht klein wie Spielzeug aus. Dann rase ich zurück, an den Wänden der Kaufhäuser entlang, das Trampolin

wirft mich federnd wieder hinauf. Und unten liegt die kleine Spielzeugstadt. Da ist fast alles vorhanden, die Steine, der Asphalt, ich falle darauf zu, die Dinge werden größer und immer größer. Und dann schnelle ich mich wieder hoch. Nur die Menschen fehlen. Plötzlich will ich irgendwo einen finden, sehe von oben hinter alle Hausecken, springe noch höher, nirgends ist einer zu sehen.

Ach, verflixt, da ist aber doch ein Mensch und der ruft etwas: ,,Werner", höre ich eine unfreundlich klingende Stimme, ,,sei ruhig, wir wollen schlafen!"
Ich liege in meinem Bett und bin ruhig, obwohl ich ihnen eigentlich sagen könnte, daß es schon ziemlich spät ist. Leider war da eben kein Trampolin, und leider hab' ich mir den Spaziergang nur ausgedacht. Ich bin auf meinem Bett herumgehopst, vor dem die Spielsachen liegen. Meine Eltern wollen weiterschlafen, schade, wo sie schon fast wach sind.

Ach, du ahnst es nicht, das ganze Zimmer voller Spielsachen, und ich soll aufräumen. Ich muß sogar! Ich muß aufräumen wollen. Ich will aufräumen müssen. Ne, das will ich nicht, soll aber. Mensch ..., und da fällt mir ein, daß ich vorhin auf dem Trampolin hochgesprungen bin und immer noch oben hänge. Ich will runter. Da bin ich wieder unten. ,,Werner!" höre ich meine Mutter hinter der Wand. Oh, verflixt, der Hopser ist mir sozusagen nur rausgerutscht. Ich wollte meine Eltern damit nicht ärgern. Aber schließlich mußte ich auf den Boden zurück. Da bin ich nun wieder.

Nachher werde ich ihnen das alles erzählen, daß ich unterwegs war, und wie es in einer leeren Sonntagmorgenstadt aussieht. Hoffenlich sagt niemand: „Werner, das stimmt doch gar nicht!" Denn in meinem Kopf hat das gestimmt, da ist es wirklich passiert.
Mensch, es ist Sonntag, und die schlafen immer noch. Dabei könnten wir jetzt schon am Frühstückstisch sitzen und uns etwas erzählen, und keiner würde heute sagen: Werner, beeil dich!
Vielleicht sollten wir nach dem Frühstück spazierengehen. Wir müßten ziemlich weit laufen und dann eine Gaststättentür öffnen. In dem Raum riecht es gut, Leute sitzen da, reden, trinken und essen. Wir setzen uns dazu und bestellen die Speisekarte.
Wir könnten auch miteinander spielen, oder einfach nur so auf dem Sofa liegen. Vielleicht reden wir alle miteinander. Manchmal passiert so etwas, und man fühlt sich dann wie in einer richtig tollen Familie.
Aber die schlafen immer noch. Ich fasse meinen Strichmann am Bettpfosten an und streichle ihn. Jetzt höre ich deutlich ein Schnarchen von drüben. So schnarcht mein Vater. Ich grinse und sage leise: „Ihr Langschläfer, ihr lieben Schlaftiere."
Hoffentlich wird das ein guter Sonntag. Schließlich gibt es nur alle sieben Tage einen, und wenn der nicht gut wird, muß man ziemlich lange auf den nächsten warten.
Gleich nach dem Aufstehen werde ich sie fragen, was wir unternehmen wollen. Es könnte natürlich sein, daß

sie erstmal „aufräumen" sagen, weil sie finden, daß es bei mir wie in einem „Saustall" aussieht.

Aufräumen, damit es kein Saustall mehr ist, der sowieso keiner ist, wie ich finde. Ich springe jetzt aus dem Bett und räume schnell ein paar Sachen weg. Und beim Aufräumen fällt mir ein, daß ich den Frühstückstisch decken könnte. Ich lasse alles stehen und liegen und renne in die Küche hinunter. An einem Sonntag vor ein paar Wochen hab' ich den Tisch schon mal gedeckt, und sie haben sich riesig darüber gefreut.

Barfuß stehe ich in der Küche. Es ist kalt auf dem Fußboden, ich hole Marmeladengläser, das Honigglas, Eierbecher, Eierlöffel, Teller, Tassen und Bestecke aus dem Schrank.

Ich freu' mich jetzt auf das Frühstück, hab' einen richtig dicken Sonntagmorgenfrühstückshunger. Hoffentlich stehen meine Eltern bald auf, denke ich.

Christa erzählt:

„In zehn Minuten gibt's Essen!"

Vor dem Fußgängerüberweg an der Kreuzung bleiben Werner und ich stehen. Autos drängeln sich dicht hintereinander an uns vorbei.
Meine Schultasche stelle ich neben mir auf dem Pflaster ab. Sie ist heute ziemlich schwer, schwerer als sonst, denn wir hatten in der zweiten Stunde Erdkunde, dafür müssen wir jedesmal den Atlas mitschleppen, und der wiegt alleine ein Pfund. Kein Wunder, wenn ich mir vorstelle, daß darin alle Flüsse, Berge, Meere, Städte und Länder eingepackt sind – oder wenigstens fast alle. Da unten, in dieser Tasche neben meinen Füßen, stecken sie. Komische Vorstellung. Hoffentlich laufen die Flüsse und Meere nicht aus, sonst würden das Lesebuch und alle anderen Bücher und Hefte, die ich mithabe, naß werden ... Jedenfalls ist die Tasche heute verdammt schwer.
Die Autos bleiben stehen. Das ist das Startzeichen für uns. Wir drängeln uns neben anderen Fußgängern an

den Stoßstangen vorbei. Meine Mutter schimpft oft über diesen Schulweg. Eine Zumutung für Kinder ist das, meint sie, obwohl Werner und mich der Weg überhaupt nicht stört, auch die Autos nicht. Vielleicht kommt so etwas erst später, wenn man älter ist.
Da vorne, beim Tabakgeschäft, will ich meine Tasche in die andere Hand wechseln. Das tue ich immer an dieser Stelle. Der Tabakladen ist meine Wechselmarke. Bis ich dort angekommen bin, hat das Leder des Taschengriffs mir einen roten Striemen in die Hand gedrückt.
An der nächsten Hausecke biegt Werner ab. Er geht

nach rechts, ich nach links. Eben fällt mir auf, daß wir heute kaum was miteinander reden. Aber bestimmt nicht deswegen, weil wir uns gezankt hätten. Haben wir nämlich gar nicht ... im Gegenteil! Schade, daß er heute nicht gleich mit zu mir kommt oder ich mit zu ihm. Er soll mit seiner Mutter einkaufen, irgendwelche Klamotten für ihn, deswegen klappt das nicht.
Jetzt biegt er ab und macht endlich den Mund auf: „Tschüs, bis heute nachmittag."
Eigentlich hätte ich unheimlich viel zu erzählen, es ist nämlich was ganz Tolles passiert. Aber ihm brauch' ich das nicht zu sagen, der weiß es ja schon, ist sogar schuld daran, daß ich mich so freue.
Gleich bin ich zu Hause. Um diese Ecke muß ich gehen, einen Augenblick noch, dann sehe ich unser gelbes, neu gestrichenes Haus. Was heißt hier unser Haus? Es ist das Haus, in dem wir und noch viele andere Familien wohnen.
Zuerst gucke ich immer, ob ich meine Mutter irgendwo hinter den Fensterscheiben sehen kann. Manchmal stelle ich mir vor, sie würde dort auf mich warten und mir entgegensehen. Das tut sie aber auch heute nicht.
Früher, als ich in die erste Klasse ging, stand sie manchmal hinter dem Fenster unserer alten Wohnung und winkte mir zu, wenn sie mich sah. Ich rannte dann das letzte Stück.
Wahrscheinlich steht meine Mutter in der Küche und bereitet das Mittagessen vor.

„Wahrscheinlich" klingt nicht sicher genug, und ich bin ganz sicher, daß es so ist. Sie wird in der Küche sein. So ist es immer.
Ich muß ihr unbedingt erzählen, daß mir heute in der Schule eine irre Sache passiert ist. Seit heute habe ich nämlich einen Banknachbarn. Werner hat die Lehrerin gefragt, ob er sich neben mich setzen darf. Bisher hab' ich allein da gesessen. Bin ja auch erst ein paar Wochen in dieser Klasse. Die Lehrerin war einverstanden. Mir wird ganz warm, wenn ich daran denke. Ich freue mich unheimlich darüber, denn ich mag Werner von allen Kindern in der Klasse am liebsten.
Der Aufzug ist seit gestern kaputt und wurde bisher nicht repariert. Schade, ich fahr' gern damit, obwohl ich das eigentlich nicht soll.
Jetzt habe ich ganz vergessen, die Tasche in die andere Hand zu wechseln. Das werde ich auch nicht mehr tun, obwohl das Leder jetzt in der Hand brennt. Irgendwie bin ich ganz froh, daß ich von der Taschenschlepperei schon Hornhaut auf der Innenseite der Hand habe. Wenn man mit einer Nadel ein bißchen reinpiekt, spürt man gar nichts davon.
Zuerst sehe ich die Wohnungstür von unseren Nachbarn. Bambinek, heißen die. Wenn ich den Namen lese, finde ich ihn jedesmal zum Kichern. Zur Familie Bambinek gehört der Junge, mit dem ich spielen soll, aber nicht kann, weil er und seine zwei Freunde aus dem Nachbarhaus nicht mit Mädchen spielen wollen. Felix, meinen Bruder, lassen sie mitmachen. Wenn ich daran

denke, kann ich gar nicht mehr über den Namen kichern.
So ..., und jetzt klingele ich. Meine Mutter ist zu Hause wie immer. Sie kommt über den Flur, gleich wird sie die Tür öffnen.
„Tag", sagt sie, weiter nichts. Sonst fragt sie immer, was gab's denn? Was macht die Schule? Dann erzähle ich, was in der Schule los war und frage sie: Was gibt's denn heute zu Mittag? Wenn ich Glück habe, antwortet sie: Spaghetti mit Fleischsauce.
Aber heute sagt sie nur: „Tag." Dann dreht sie mir gleich den Rücken zu und geht in die Küche. Dabei will ich ihr doch erzählen, was ich in der Schule erlebt habe.
Ich lege meine Tasche in den Flur. Mensch, die Hand tut ziemlich weh. Wir sollten wirklich mal fragen, ob wir nicht wenigstens die Atlanten in der Schule lassen können.
Als ich auch in die Küche gehe, sehe ich wieder nur ihren Rücken. Was hat sie denn? Sie beugt sich über den Herd, gleich darauf über den Tisch, um Zwiebeln zu schneiden. Das geht alles blitzschnell bei ihr. Jetzt schneidet sie Kartoffeln, streut Salz ins Wasser. Sie braucht gar nicht zu sagen: In zehn Minuten gibt's Essen. Ihr Rücken macht mir das klar.
Dabei ist es mir ziemlich egal, ob es das Essen in zehn oder zwanzig Minuten gibt. Sie sollte sich ruhig Zeit damit lassen. Aber sie meint wohl, daß ich verhungere, wenn das Essen nicht gleich auf dem Tisch steht.

Abends, wenn sie für Vater kocht, macht sie es genauso. Sie ist immer sehr pünktlich.
„In der Schule war heute was los", erzähle ich und will dann gleich weiterreden. Aber da sie in zehn Minuten – jetzt sind's wohl nur noch neun – das Essen fertig haben will, hört sie mir nicht zu. Sie sagt nur: „Tu mir einen Gefallen, deck den Tisch." Und dann: „In zehn Minuten gibt's Essen." Das weiß ich ja nun langsam schon.
Und dann decke ich den Tisch. Ich gehe ins Wohnzimmer, hole die Teller aus dem Schrank und zwar die Sonntagsteller, weil mir heute danach zumute ist.
Meine Mutter muß sich die Finger am Dampftopf verbrannt haben. Sie flucht mächtig. Ich lasse die Bestecke liegen und renne in die Küche. „Blöder Topf", schimpft sie.
„Du, in der Schule sitze ich jetzt neben ..." Aber ich merke deutlich, daß das wohl der falsche Augenblick war, damit anzufangen. Ihr Finger tut immer noch weh. Sie hält ihn unter fließendes Wasser.
„Hast du jetzt endlich den Tisch gedeckt?" fragt sie.
„Hmmm", murmele ich und verschwinde wieder im Wohnzimmer. Gleich darauf kommt sie hinter mir her, schimpft: „Wie oft soll ich dir eigentlich noch klarmachen, daß du deinen Ranzen nicht so in den Flur zu pfeffern hast? Hab' ich dir das nicht schon hundertmal gesagt? Du sollst ihn an den Haken hängen. Himmelkreuzdonnerwetter!"
Den Fluch hat sie von meinem Vater. Ich höre ihn heute

das erste Mal von ihr. Und ich kann nichts dagegen machen, der Fluch klingt bei ihr komisch und ich muß grinsen.
Zum Glück fängt Felix, mein kleiner Bruder, jetzt an zu brüllen. Mutter sieht mich entsetzt an, so, als hätte sie etwas ganz Wichtiges vergessen. Sie läuft ins Kinderzimmer. Nein, sie läuft nicht, sie stürzt fast ins Zimmer von Felix und Leo.
Meine Mutter ist wieder in der Küche. „Soll ich was reintragen?" frage ich. Ich bin wirklich nur noch mal zu ihr gekommen, um von meinem Nebenmann zu erzählen.
„Ja", antwortet sie, „nimm schon mal die Untersetzer mit ins Wohnzimmer."
„Du, ich wollte dir erzählen, daß ich jetzt einen Nachbarn ..."
„Später", sagt sie, „bitte, laß jetzt, die Kartoffeln sind fertig. Wenn du mir einen Gefallen tun willst, bring bitte den Mülleimer nach unten. In fünf Minuten gibt's Essen. Beeil dich und wasch danach deine Hände!"
Ich nehme den Mülleimer und gehe nach unten. Die Tür lasse ich möglichst laut zufallen, obwohl sie sich darüber ärgert. Ich werde mich nicht beeilen, kein bißchen. Am liebsten würde ich erst mal 'ne Stunde nicht wiederkommen.
Ich bin nur froh, daß es bei mir zu Hause nicht immer so ist. Und eines ist klar, daß ich neben Werner sitze, werde ich ihr heute nicht mehr erzählen. Mir ist die Lust dazu vergangen.

Aber richtig ärgern kann ich mich auch nicht, nicht mal darüber. Ich freu' mich noch viel zu sehr, daß Werner einfach die Lehrerin gefragt und sich dann zu mir gesetzt hat. Ich wollte das nämlich schon lange tun, hab' mich aber nie getraut.
So ..., und jetzt trag' ich den Mülleimer runter. Und ich erzähle es ihr doch noch, beim Mittagessen nämlich. Außerdem will ich von ihr wissen, was heute mit ihr los ist, denn sonst ist sie doch auch freundlicher.

Christa erzählt:

„Dem werde ich's zeigen!"

„Wo liegt denn nur die Brille wieder", fragt meine Mutter und läuft aufgeregt ins Bad, während Vater aus dem Flur ruft: „Felix, komm doch endlich!" Gleich darauf ziehen sie die Wohnungstür hinter sich zu, und beim Hinausgehen sagt Mutter: „Es dauert nicht lange."

Die Eltern fahren los, meinen kleinen Bruder, den Felix, haben sie mitgenommen. Leo und ich stehen am Küchenfenster und sehen hinter dem Wagen her. „Ob sie mir die Gitarre kaufen?" will er wissen. Ich tue so, als hätte ich keine Ahnung, obwohl ich ganz genau weiß, was sie ihm zum Geburtstag schenken werden. Ich verrate aber nichts.
„Komm, wir rösten Haferflocken", schlägt Leo vor, steigt schon auf den Stuhl, holt die Haferflockentüte und den Zucker aus dem Schrank. Butter zischt in der heißen Pfanne, zerschmilzt und wird braun. Wir beugen uns über das Brodeln und die zerplatzenden Bla-

sen. Zucker kommt dazu, vermischt sich mit dem Fett und zerfließt. „Nimm ruhig mehr", sagt er. Ein Berg Haferflocken wird darübergehäuft. Wir rühren immer wieder um, bis die Haferflocken braun und knusprig aussehen.
Süß und gut schmeckt das. Ich löffle so schnell, daß ich mir an den heißen Haferflocken erstmal den Mund verbrenne. Als ich aufgegessen habe, sitzt Leo noch vor seinem halbvollen Teller. „Kann ich was abhaben?" frag' ich. „Ne, ich hab' genausoviel gehabt wie du. Wenn du langsamer essen würdest, hättest du auch länger was davon", meint Leo.
Wenn ich so was nur höre! Der redet manchmal schon fast wie ein Erwachsener. Dabei läßt er sich beim Essen extra Zeit, um ja länger etwas davon zu haben als ich. Jetzt bleibt in seinem Teller sogar die Hälfte übrig. „Für später", sagt er, während ich den Fernsehapparat einschalte.
Da spielt jemand auf der Gitarre und singt dazu. Leo hört das gern und setzt sich neben mich aufs Sofa. Ich springe auf, möchte umschalten. Er will sich jetzt nicht stören lassen. Aber ich werde durch die Musik gestört, weil es im zweiten Programm etwas gibt, was ich unbedingt sehen möchte. Schnell schalte ich es ein. „Pferde, da laufen Pferde. Mensch, das ist prima!"
Aber er fragt: „He, spinnst du?" und verlangt ärgerlich: „Umschalten!" Ich reagiere nicht. „Umschalten!" verlangt er noch mal. Dann springt er auf und drückt den anderen Knopf.

Der Mann singt immer noch. „Kann ich nicht hören", meine ich und plärre möglichst falsch und laut dazwischen, damit er nicht länger hören kann, was ich nicht hören will, obwohl ich sonst gar nichts gegen Musik habe.
Ich singe immer lauter und falscher. „Sei jetzt endlich ruhig!" fordert er. Bin ich aber nicht. Worauf er „Knallkopf mit Pferdegesicht" zu mir sagt. „Selbst einer", geb' ich zurück. Und weil ich mir von einem Knallkopf nicht vorschreiben lasse, was ich sehen soll, stelle ich das andere Programm ein.
Die Pferde laufen munter auf der Bildschirmweide. „Du mit deinen Gäulen", stöhnt er. „Mich wundert's nur, daß du nicht selbst auf die Wiese gehst und Gras futterst." Mein Pferdefimmel ärgert ihn schon lange, deswegen drückt er den anderen Knopf.
Aber warum sollte gerade ich jetzt nachgeben? Zum Glück sind die Eltern nicht da, die hätten bestimmt gefordert: Laß Leo das sehen. Du bist die Größere, und dir fällt das Nachgeben leichter. Dem erlauben sie alles. Der muß gar nicht lange bitten, ist ja auch ein bißchen jünger. Und Jungen dürfen sowieso mehr.
Ich bin wütend und sicher, daß dieser Schuft mich ärgern will. Aber ich laß mir das nicht gefallen. Ich springe auf und schalte mein Programm ein.
Gerade tauchen die Pferde wieder auf, da sind sie auch schon verschwunden, denn er stößt mich weg und drückt den anderen Knopf. Im nächsten Augenblick hänge ich auf seinem Rücken. Zu Gitarrenmusik und

Gesang wälzen wir uns auf dem Teppich vor dem Fernsehapparat. Erstmal liegt er unten, weil ich ihn überrascht habe. Aber dann geht das so aus wie meistens, wenn wir raufen. Er gewinnt, weil er etwas stärker ist und mehr Tricks kennt.
Als er mich losläßt, heule ich vor Wut und verschwinde aus dem Zimmer. Ich donnere meine Tür zu und ärgere mich unheimlich, daß er jetzt in Ruhe fernsieht.
Nur weil er ein bißchen stärker ist, kann er sich aussuchen, was gesendet wird. Das darf's nicht geben! Und das ist ja nicht nur heute so, daß er sich das Programm aussucht. Wenn Sport gesendet wird, sieht er immer mit Vater fern, egal, ob ich etwas anderes sehen möchte oder nicht. Da darf niemand stören. Nein, der soll heute nicht fernsehen. Dem werde ich's zeigen!

So ein Mist. Wäre ich lieber nicht zu Hause geblieben. Ich hätte ja Werner besuchen können, das wollte ich unbedingt tun. Aber meine Mutter hat gesagt: „Bleib doch mal zu Hause. Spielt mal was zusammen. Das habt ihr doch früher immer so schön gemacht."
Aber jetzt geht das meistens schief, wenn ich mit Leo spiele. Mit dem kann man nicht gut spielen. Immer will er alles bestimmen. Außerdem ist er so kleinlich, nörgelt ständig, wenn irgendwas anders gemacht wird, als er sich das vorstellt.
Aber Mutter findet natürlich: „Jeder von euch will immer nur recht haben. Einer muß doch mal nachgeben!" Und dabei sieht sie mich an. Mit Werner ist das

ganz anders, mit dem kann ich richtig gut spielen. Mit dem gibt's auch keinen Streit.
Ich schleiche über den halbdunklen Flur. Die Wohnzimmertür ist nur angelehnt. Die Musik dröhnt. Gleich neben dem offenen Türspalt sehe ich die Dose mit dem Stecker für den Fernsehapparat. Mit einem Ruck reiße ich ihn heraus.
„O warte!" ruft Leo. Ich warte aber nicht, renne ins Badezimmer und sperre mich ein. Dann wundere ich mich, denn mein Bruder ist gar nicht hinter mir hergerannt, und er schlägt auch nicht gegen die Tür. Dafür höre ich gleich darauf wieder diese blöde Musik aus dem Wohnzimmer. Na ja, dann werde ich das mit dem Stecker eben noch mal versuchen.
Erstmal als Täuschungsmanöver die Wasserspülung gezogen. Er soll nicht darauf gefaßt sein, daß ich wiederkomme. Vorsichtig öffne ich die Badezimmertür und schleiche ein zweites Mal über den Flur zum Wohnzimmer.
Langsam schiebe ich meine Hand durch den Türspalt zum Stecker. Als ich gerade zufassen will, reißt er die Tür auf und packt mich, daß es weh tut. Er hat auf mich gewartet und den Fernsehapparat extra laut gestellt, um mich ins Wohnzimmer zu locken.
Ich springe auf und gebe ihm eine Ohrfeige, weil er so überlegen grinsend dasteht. Da kann ich gar nicht anders reagieren. Das knallt richtig.
Im nächsten Augenblick schießt ihm das Blut aus der Nase. Ich erschrecke, denn das hab' ich wirklich nicht

gewollt. Heulend steht er im Flur, das Blut tropft auf den Teppich. „Komm mit ins Bad", sag' ich. Er legt seinen Kopf in den Nacken und geht ins Badezimmer, schlägt die Tür vor mir zu und sperrt ab.
Hastig wische ich mit meinem Taschentuch an den Blutflecken auf dem Teppich. Leo heult im Badezimmer und schnieft, und ich wünsche mir, daß man auch bei ihm einen Stecker herausziehen könnte, um den Ton auszuschalten.
Wenn die Eltern jetzt nach Hause kommen und das hören, krieg' ich alle Schuld. Da bin ich ganz sicher. Ich

hab' ja immer an allem Schuld. Ich rüttele an der Badezimmertür, poche dagegen. „Laß mich rein!" bettle ich. Aber er antwortet nicht. Und dann höre ich Schritte im Hausflur. Ich brauche gar nicht nachzusehen. Das sind sie. „Mensch, mach die Tür auf, die Eltern kommen!" rufe ich. Aber er öffnet die Tür nicht. Ich renne zu den Flecken, wische daran herum. Sie werden zwar dunkler, aber das ist auch alles.
Die Eltern und Felix stehen an der Tür. Vater trägt ein längliches Paket, die Geburtstagsgitarre für Leo. In dem Augenblick wird die Toilettentür geöffnet. Leo kommt weinend heraus. Sein Gesicht ist blutverschmiert. „Die Christa hat mich ...", schluchzt er, und da ist für Vater schon alles klar. Die blutende Nase, der weinende Leo. „Keine fünf Minuten kann man euch alleine lassen!" schimpft er. „Und am schlimmsten ist Christa. Sie ist immer gleich grob."
„Aber er hat angefangen", verteidige ich mich.
„Stimmt gar nicht."
„Das stimmt eben doch. Du hast angefangen."
„Ne, hab' ich gar nicht!"
„Ruhe, ich will nichts mehr hören!" Vater ist wütend und schickt uns in die Zimmer. Ich sitze auf meinem Bett. Im Zimmer daneben hockt Leo. Von draußen höre ich die Eltern, die laut miteinander reden. Das klingt fast wie schimpfen. Mutter sagt: „Leo kann auch grob sein. Außerdem sollten wir uns nicht in alles einmischen!"

„Ne ... also ...", höre ich sie noch. Dann werden die Stimmen leiser und verschwinden im Wohnzimmer. Ich hab' das Gefühl, daß meine Mutter mich verteidigt, und plötzlich fange ich an zu weinen, renne ins Wohnzimmer und schluchze: „Immer gebt ihr dem Leo recht! Der ist ja so gemein, nur weil er ein bißchen kleiner ist, darf er alles." Mutter beschwichtigt: „Ist ja schon gut, vertragt euch wieder."
„Ne, mit dem vertrag' ich mich nie wieder!"
Leo kommt jetzt auch ins Wohnzimmer gelaufen: „Mit der will ich nichts mehr zu tun haben. Die ist so doof und gemein."
Vater will das alles nicht mehr hören. „Ruhe jetzt und raus hier! Anstatt euch zu prügeln, solltet ihr lieber was für die Schule tun! Das gilt vor allem für dich, Christa!"
Klar, das gilt vor allem für mich. Ich bin wütend. Immer hacken sie darauf herum, daß ich schlechtere Noten mit nach Hause bringe, weil Leo ständig nur Zweien schreibt. Wenn es bei ihm mal ausnahmsweise 'ne Drei wird, heult er schon fast. Und ich freu' mich über jede Drei wie eine Schneekönigin.
Ich sitze wieder in meinem Zimmer. Aber irgendwie ist die Wut fast verraucht. Und dann erschrecke ich plötzlich, denn die Wohnzimmertür wird zugeknallt. Mutter ruft: „Du bist ungerecht!" Und sie meint damit Vater, der zurückruft: „Und dir tanzen sie auf dem Kopf herum. Du läßt dir viel zu viel gefallen!"
Er redet weiter, und sie widerspricht ihm. Sie schreien zwar nicht, aber ihre Stimmen klingen aufgeregt und

gereizt. Leo kommt in mein Zimmer und meint: „Und von uns verlangen sie, daß wir nicht streiten."
Er setzt sich auf mein Bett. In der Wohnung ist es jetzt ruhig. Vater und Mutter sprechen wahrscheinlich nicht miteinander. Zum Glück halten sie so etwas nie lange durch. „Du, wollen wir was spielen?" fragt Leo.
Wir hocken auf dem Fußboden und sortieren Puzzleteile. „Ob die sich richtig mögen?" fragt er und meint damit nicht die Puzzleteile. „Jetzt bestimmt nicht", antworte ich, „aber sonst wohl schon."
„Tut deine Nase noch weh?" will ich wissen.
Er schüttelt den Kopf und sagt: „Hoffentlich hören sie bald auf, miteinander zu streiten, dann geh' ich ins Wohnzimmer und hol' die restlichen Haferflocken, bevor Felix die wegfuttert. Du kriegst was davon ab."
Jetzt wagen wir uns noch nicht ins Zimmer zu den Eltern, denn dort ist dicke Luft. Wir warten, bis sie sich beruhigt haben. Ich wünsche mir, daß sie die Blutflekken auf dem Teppich übersehen, denn wenn sie die bemerken, gibt's wahrscheinlich noch mal Krach.
Wir suchen Puzzleteile, erstmal die blauen für den Himmel. Jeder hat schon einen kleinen Haufen vor sich liegen. Ich grinse, weil mir plötzlich einfällt, daß ich vor zehn Minuten noch so 'ne Wut hatte, daß ich gesagt hab': „Ich spiel' nie wieder mit Leo."
Es ist überhaupt komisch, wenn unsere Eltern sich mal streiten, vertragen wir uns prima. Vielleicht sollten sie öfter streiten. Aber ne ... das sollten sie lieber doch nicht tun, das wäre gar nicht gut.

Christa erzählt:

„Das alles nur, weil wir ein bißchen laut waren!"

Um zwei Uhr wollte Werner kommen. Ich war fünf Minuten vor zwei Uhr mit den Schularbeiten fertig geworden, aber er ist nicht gekommen. Und ich habe mich so auf's Spielen gefreut.
Drei Uhr ist es schon. Ich bin die Straße rauf- und runtergegangen, jetzt warte ich an den geparkten Autos vor unserem Haus. Ich weiß gar nicht, was heute los ist. Er kommt doch sonst immer pünktlich. Vier Autos lasse ich noch an unserem Haus vorbeifahren, wenn er dann nicht da ist, gehe ich hinauf.
Die ersten Leute kommen von der Arbeit zurück. Werner taucht nirgends auf, auch als ich zwei Autos dazugebe und dann wieder zwei, ändert sich das nicht.
Dort oben, hinter den Fenstern im dritten Stockwerk, wohnen wir. Vorhin habe ich meine Mutter in der Küche gesehen. Sie stand da und suchte etwas in ihrer Tasche. Mein Vater arbeitet noch, in eineinhalb Stunden kommt er zurück. Hoffentlich vergeht die Zeit bis dahin schnell.

Ob ich Werner besuche? Er wohnt gleich in der Nähe, nur ein paar Straßen weiter. Ne..., mache ich nicht. Ob Bernd bei ihm ist? Mit dem hat er früher gespielt. Aber den findet er jetzt blöd, hat er mir erzählt.
Vielleicht ist Bernd einfach zu ihm gegangen und hat gesagt, „Komm, wir fahren mit den Rädern weg!" Dann schwingen sie sich auf ihre Räder, und Werner denkt nicht mehr daran, daß er mit mir verabredet ist. Quatsch! Das weiß ich doch alles gar nicht. Mit Bernd hat er schon lange nicht mehr gespielt. Warum sollte der gerade heute zu ihm kommen? Na ja, ich gehe hoch und sehe fern, oder ich höre mir eine Schallplatte an, nehme ich mir vor.
Die Haustür steht offen. Kühl und ein wenig dunkel ist es im Flur. Manchmal spielen wir hier, obwohl uns niemand dabei erwischen darf. Am liebsten fahre ich mit dem Aufzug. Man hat mir zwar erklärt, daß das nur in Begleitung von Erwachsenen ginge, aber ich finde, das geht auch so.
Ich drücke auf den Knopf beim Fahrstuhl, er leuchtet auf. Der Fahrstuhl kommt, heißt das. Die Tür öffnet sich automatisch. Ich drücke den Knopf mit der Fünf und fahre bis ins oberste Stockwerk. Die Nummern über mir zeigen, an welchem Stockwerk ich vorbeifahre. Als die letzte Zahl, die Fünf, aufleuchtet, drücke ich wieder auf den „E"-Knopf, und fahre hinunter.
Ich stelle mir vor, ich könnte mit dem Aufzug immer höher hinauffahren, bis weit über das Dach, und der Aufzug wäre aus Glas. Ganz weit oben würde ich bis

zur Wabe sehen, wo Werner und Bernd an der Brücke spielten. Ich würde hinunterspucken und Bernd hoffentlich auf den Kopf treffen.
Der Aufzug stoppt im Erdgeschoß. Ich will gerade in das dritte Stockwerk fahren, als sich die Tür automatisch öffnet. Die Nachbarin, die über uns wohnt, steht mit zwei Taschen in der Hand vor mir. ,,Das ist so eine ganz Ordentliche'', sagt Mutter. ,,Wie die das schafft?

Sie macht sich mit ihrem Haushalt, dem Mädchen, ihrer Arbeit und dem Einkaufen fertig. Ihr hilft niemand, sie ist geschieden und wohnt mit ihrer Tochter alleine hier." Das Mädchen ist viel zu alt für mich, wir spielen nicht miteinander.
Die Frau steht also vor mir, ich will mit ihr ins dritte Stockwerk fahren. Aber da fällt mir ein, daß sie schimpft, wenn Kinder aus Spaß im Aufzug rauf- und runterfahren. Also drücke ich mich an ihr vorbei, während sie einsteigt. Dann laufe ich die Stufen zu unserer Wohnung hoch. Im ersten Stock höre ich, wie der Aufzug mich überholt.
Vor unserer Tür bleibe ich stehen. Im Stockwerk über mir klingelt die Frau. Dann ruft sie: „Sitzt du auf den Ohren? Mach endlich auf!" Als ihre Tochter aufmacht, raunzt sie: „Warum läßt du mich so lange warten?"
Ich gehe einige Stufen weiter hinauf und höre das alles ganz genau. Und dann fragt sie: „Hast du das Wasser für die Kartoffeln aufgesetzt?"
Die Antwort bekomme ich nicht mit, aber sie wütet: „Warum meinst du wohl, daß ich aus der Firma anrufe und dich darum bitte? Nicht ein bißchen nimmst du mir ab! Dabei weiß ich vor lauter Arbeit nicht, wo mir der Kopf steht!"
Das ist kein richtiges Schreien. Das klingt, als hätte sie eine unheimliche Wut und wollte nicht, daß das alle Leute im Haus hören. Ich höre es aber ganz deutlich auf meinem Platz zwischen dem dritten und vierten Stockwerk.

„... und was ist mit der Rechenarbeit?" fragt sie. Und dann kommt erstmal nichts, bis sie plötzlich noch lauter schimpft. Ihre Tochter muß wohl eine Fünf oder Sechs geschrieben haben. Ich will nicht mehr zuhören; gehe die Treppe hinunter, und dann klingele ich bei uns. Irgendwie möchte ich gerne, daß meine Mutter mich in den Arm nimmt, obwohl ich das nie zugeben würde. Sie öffnet die Tür und fragt: „Hast du keinen Schlüssel mit?"
„Ich hab' ihn vergessen."
„Und wie war es draußen?" will sie wissen.
„Werner ist nicht gekommen, ... ich seh' jetzt fern."
„Auf keinen Fall", meint sie. „Immer wenn du nicht weißt, was du vor lauter Langeweile tun sollst, setzt du dich vor den Kasten. Du kannst auch ruhig mal mit Felix spielen, um den kümmerst du dich nie."
Felix hat aber gar keine Lust, mit mir zu spielen. Deswegen darf ich dann doch fernsehen. Der Film ist so langweilig, daß ich in meinem Zimmer lieber eine Schallplatte auflege, den „Winnetou". Während ich zuhöre, warte ich auf Vater. Er hat den Wagen heute zu Hause gelassen, damit Mutter ihn zum Einkaufen benutzen kann. Das macht er manchmal, dann kommt er zu Fuß von der Arbeit zurück. Vielleicht könnte ich ihm entgegengehen? überlege ich. Mutter findet die Idee prima. Ich laufe los, renne die Treppe hinunter, sie ruft hinterher: „Wie oft soll ich dir eigentlich noch sagen, daß du nicht so die Treppe hinunterpoltern sollst?"
Wenn Vater zu Fuß kommt, geht er durch den Park,

über den Nußberg und das letzte Stück an den Schrebergärten entlang und dann über die Wabebrücke.
Bei den Schrebergärten habe ich Angst, weil dort oft größere Jungen spielen, die mich ärgern, wenn ich vorbeigehe. Und als ich näherkomme, spielen sie wirklich dort. Ich sehe sie schon von weitem und mache deswegen einen Umweg.
Zum Glück erreiche ich Vater trotzdem noch. Ich renne das letzte Stück auf ihn zu. Er freut sich: „Prima, daß du mich abholst. War heute ein blöder Tag. Nichts hat geklappt. Bin froh, daß der Ärger jetzt vorüber ist."
Wir gehen an den Gärten vorbei und zur Brücke. Mit meinem Vater zusammen, stören mich die Jungen kaum. Die trauen sich jetzt nicht, mich zu ärgern.
Zu Hause setze ich mich an den Tisch neben Vater. Er will wissen, wie es denn in der Schule war. „Ging so", sage ich. Am liebsten würde ich ihn fragen, ob ich etwas von seinem Fleisch bekommen könnte, das er vor sich auf dem Teller liegen hat.
Er sitzt da und ißt, man merkt deutlich, daß er seine Ruhe haben will. Das sagt er auch: „Geh bitte spielen, laß mich ein bißchen allein! Ich habe den ganzen Tag mit Leuten zu tun gehabt. Ich brauch' jetzt Ruhe."
„Hmm", mache ich und verschwinde in meinem Zimmer. Was ich alleine spielen soll, weiß ich nicht. Aber eine Viertelstunde später klingelt es an der Tür. Werner steht draußen und sagt: „Ich konnte vorhin nicht kommen, mußte schnell zum Zahnarzt. Meine Mutter hatte mich für heute nachmittag angemeldet."

Ich nicke, freue mich und sage nichts davon, daß er ja hätte anrufen können. Ist jetzt auch egal.
Wir hocken in meinem Zimmer und bauen etwas, dann hören wir eine Schallplatte an, und zwar ganz laut. Weil das alles so spannend klingt, spielen wir mit, schießen mit Zündblättchen und werfen mit Kissen. Es ist ein ziemlicher Krach. Meine Mutter steckt den Kopf herein und sagt: „Seid doch nicht so laut. Vater braucht heute Ruhe."
Aber wir achten nicht darauf und spielen genauso laut weiter, bis es dann klingelt. Vater öffnet die Wohnungstür, die Nachbarin aus dem Stockwerk über uns steht ihm gegenüber. Und dann geht es los. Ihre Stimme klingt wütend.
Werner und ich sitzen nebeneinander auf dem Sofa und sind mucksmäuschenstill: „Diesen Krach kann man nicht aushalten!" höre ich die Frau sagen. Und dann redet sie weiter: „Können Sie denn ihre Kinder nicht besser erziehen?"
„Ich denke nicht daran, meinen Kindern den Mund zu stopfen", sagt Vater nicht gerade freundlich. „Und Ihr Krach?" fragt er. „Sie sollten mal hören, wie das klingt, wenn Sie ihre Tochter anschreien!"
Die beiden Erwachsenen schimpfen weiter, während Mutter die Tür zu meinem Zimmer öffnet und leise sagt: „Das hast du nun davon, ich habe euch doch gesagt, ihr sollt ruhig sein. Aber ihr könnt ja nicht hören. Am besten du gehst jetzt nach Hause, Werner. Ist ja auch schon spät."

Werner macht ein bedeppertes Gesicht, dann steht er auf und geht. Er muß an den beiden schimpfenden Erwachsenen vorbei. Die Frau sagt irgend etwas von Dreck im Hausflur und der Hausordnung, an die man sich gefälligst zu halten hätte. „Und ihre Kinder bringen fremde Kinder ins Haus, die spielen dann im Keller oder mit dem Aufzug. Alle Nachbarn beschweren sich!"
Durch die Glastür sehe ich, wie mein Vater dasteht. Er schimpft jetzt sehr laut und deutlich zurück. Es kommt dann noch etwas von Musik in Zimmerlautstärke. „Ich werde mich beschweren!" sagt sie. „Ich wollte in ein ruhiges, ordentliches Haus ziehen."
„Dann ziehen Sie doch aus", schlägt Vater ihr vor. Seine Stimme wird jetzt ruhiger. Dann höre ich nichts mehr, bis Mutter wieder zu mir kommt: „Diese Ziege", sagt sie und schimpft dann: „Seid ihr das nächste Mal nicht so laut, alle beschweren sich über euch!"
Ich zucke zusammen, als Vater die Wohnungstür zuschlägt. Bevor Mutter geht, sagt sie noch: „Wir wollen doch nicht mit jedem Krach haben, nur weil ihr nicht hören könnt!"
Ich sitze auf meinem Sofa. Es ist jetzt ganz ruhig in der Wohnung. So ein Mist, denke ich, jetzt dürfen wir wieder nur auf Zehenspitzen herumlaufen. Ich hab' mich so gefreut, daß Werner kommt und wir endlich miteinander spielen können. Vielleicht hätte ich das der Frau an der Tür sagen sollen, vielleicht hätte sie dann nicht so geschimpft.

Bei Werner ist das besser. Bei dem kann man spielen und laut sein, so lange man will, denn die wohnen in einem Haus für sich allein.
Ich versteh' das nicht. Und das alles nur, weil wir ein bißchen laut waren. Manchmal wirken Erwachsene wie mit Sprengstoff geladen. Bei der geringsten Kleinigkeit gehen sie sofort in die Luft.

Werner erzählt:

„Wie konnte das nur passieren?"

Herr George kommt in die Klasse und legt die Aktentasche auf den Lehrertisch. Mit einem Griff holt er den Heftstapel heraus. Plötzlich ist es ruhig, jeder weiß: Jetzt gibt's die Mathearbeit zurück. Herr George sieht in die Runde und sagt: „Die Arbeit ist gut ausgefallen. Nur eine Fünf diesmal."
In Mathe bin ich ziemlich schwach. Unruhig rutsche ich auf meinem Stuhl hin und her. Immerhin eine Fünf, hoffentlich hab' ich die nicht. Obwohl ich das eigentlich nicht glaube, denn ich hab' diesmal viel geübt. Ich warte auf irgendein Zeichen vom Lehrer. Wenn er mich jetzt ansieht und lächelt, weiß ich, daß alles gutgegangen ist, denke ich. Aber er sieht mich nicht an.
Es dauert viel zu lange, bis das Heft endlich vor mir liegt. Hastig schlage ich es auf, blättere, sehe die Vier vom letzten Mal, blättere weiter und da steht dann: Zwei minus.
Klasse, ganz große Klasse, finde ich das. Mensch, Mut-

ter wird sich freuen! Ich werde richtig rot, als mir das einfällt und kann das Ende der Stunde jetzt kaum mehr abwarten. Ich melde mich ständig, lache, bin albern, quatsche mit Christa, die mit ihrer Drei auch zufrieden ist. Herr George schimpft schon: „Kannst du nicht ruhig sitzen? Ist ja fürchterlich, was hast du denn?"
Zwei minus, möchte ich eigentlich antworten. Aber ich schlucke das runter. Dafür zähle ich die langsamen Minuten dieser Schulstunde auf dem Zifferblatt meiner Uhr. Die wollen nicht vorübergehen, kriechen, Schneckenminuten, dehnen sich entsetzlich, bis ich es endlich geschafft habe.
Auf dem Nachhauseweg trödeln Christa und ich heute überhaupt nicht. Ich könnte in die Luft springen, so erleichtert fühle ich mich. Ein Junge in der Luft, mit seiner Zwei minus in der Tasche. Von Christa verabschiede ich mich ganz schnell. „Vielleicht komme ich am Nachmittag noch vorbei", sage ich und renne dann los.
Außer Atem klingele ich. Einmal ganz kurz, dann drücke ich den Zeigefinger lange und fest auf den Knopf, als sollte er dort festwachsen. Das Klingeln schrillt durchs Haus, bis die Tür geöffnet wird.
Ich strahle meine Mutter an, die erstmal gar nicht zurückstrahlt, die schon schimpfen will, weil sie sich über den Lärm ärgert. Aber dann merkt sie wohl doch was und schluckt ihr: Mach doch nicht so einen Krach! hinunter und beginnt zu lächeln. „Die Mathearbeit?" fragt sie sicherheitshalber und ich nicke.

„Und ...?"
Ich stehe noch auf dem Abstreifer, hebe meine Hand und zeige fünf Finger, biege dann langsam einen nach innen weg. Vier Stück sieht meine Mutter noch, 'ne Vier, na ja. Aber dann nehme ich noch einen weg, drei Finger stehen und dann noch einen, jetzt sind's zwei. Davor male ich ein Minus in die Luft.
„Zwei minus?"
Die Wohnungstür steht noch offen. Wir nehmen uns in den Arm und freuen uns. Dann bekommt die Tür einen Tritt, daß sie zuknallt.
Gleich darauf sitzen wir am runden Tisch im Wohnzimmer und essen den Rest Schweinebraten vom Wochenende. Ich schnippele überhaupt nicht daran herum, schlucke sogar ein Stückchen Fett hinunter, ohne zu meckern. Meine Mutter sagt: „Ich muß nachher zum Arzt ... Vorsorgeuntersuchung. Regt mich jedesmal auf. Was hast du denn vor?"
„Ich spiele mit Christa."
Als meine Mutter weggeht, freue ich mich richtig darauf, daß sie bald wiederkommen wird. Ich sitze allein im Wohnzimmer am Tisch, sehe aus dem Fenster in den Garten und zu den anderen Häusern.
Mein Vater kommt ziemlich spät von der Arbeit zurück, meine Mutter wird auch noch einige Zeit unterwegs sein. Und irgendwie finde ich plötzlich das Gefühl prima, den Nachmittag fast ohne Schularbeiten für mich alleine zu haben.
Erstmal höre ich Radio, springe von Kanal zu Kanal,

höre Wort- und Musikfetzen, bis ich endlich Musik finde, die mir gefällt. Den Apparat stelle ich richtig laut und hopse im Wohnzimmer herum, tanze, springe auf das Sofa. Das mache ich nur, wenn ich alleine bin. Meiner Mutter wäre das zu laut.
Ich renne in mein Zimmer hoch und hole einen Ball. Im Rhythmus der Musik werfe ich ihn an die Wohnzimmerwand. Er prallt zurück, ich fange ihn auf, werfe ihn wieder. Er faßt sich glatt an. Mitten im Zimmer stehe ich und werfe immer schneller und schärfer. Und dann erlebe ich es fast wie in einer Zeitlupenaufnahme, ganz langsam. Ich stehe da, sehe wie es passiert und kann nichts dagegen tun.
Der Ball prallt an die Türkante. Von dort springt er schräg ab und reißt den Krug vom Schrank. Der fällt und kracht auf den Boden, zersplittert in einen Haufen Tonscherben, die vor der Tür und vor meinen Füßen auf dem Boden liegen.
Ich stehe starr da. Natürlich darf ich in der Wohnung nicht mit dem Ball spielen, und vor allem darf das nicht schiefgehen, wenn ich schon mal damit spiele. Mir schießt durch den Kopf, daß Vater den teueren Krug erst vor zwei Monaten für Mutter gekauft hat. Stolz hat er erklärt, daß er dafür extra fünfzig Kilometer mit dem Wagen gefahren ist. ,,Zur Töpferei Menzel, denn die haben wirklich schöne Sachen."
Ich bücke mich und hebe die Scherben auf, drücke zwei aneinander, als könnten sie wieder zusammenwachsen.

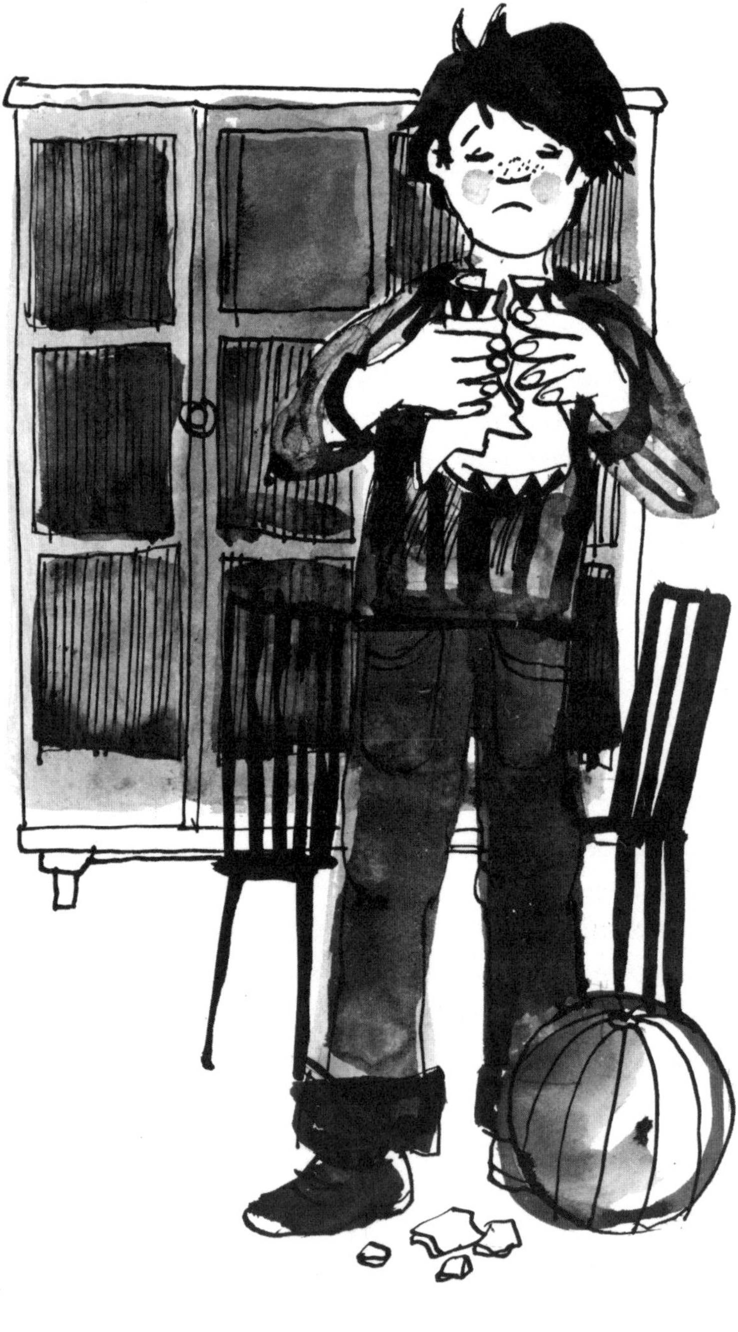

Wegwerfen! denke ich im nächsten Augenblick. Vielleicht merkt's niemand.

Aber natürlich wird das jeder merken. Da brauche ich nur die Stelle auf dem Schrank anzusehen, wo der Krug bisher gestanden hat. Die leuchtet jetzt fast. Aufgeregt laufe ich im Zimmer hin und her und wünsche mir, daß die Eltern möglichst lange wegbleiben. Mutter wird sich unheimlich aufregen. Sie wird schimpfen, empört sein: Wie konnte das nur passieren?

Ich müßte dann erzählen, daß ich mit dem Ball gespielt hab', obwohl ich das im Wohnzimmer nicht darf. Und deswegen kann ich das nicht erzählen.

Wenn jetzt ein Wunder geschehen würde. Der Krug müßte plötzlich wieder da oben stehen. Aber vielleicht schaffe ich das Wunder selbst, überlege ich. Schnell laufe ich in die Küche, sehe auf die Uhr, halb drei ist es. Mutter kommt bestimmt nicht vor vier Uhr nach Hause, rechne ich nach. Ich hab' also noch über eine Stunde Zeit, alles in Ordnung zu bringen.

Ich hole Klebstoff aus der Werkzeugkiste und knie mich neben die Scherben. Und ich finde sogar heraus, wie sie zusammenpassen. Aber als ich die erste mit Klebstoff bestreiche und das passende Stück andrükke, ist klar, daß ich die vielen kleinen Stücke nicht aneinanderkleben kann und daß man die Sprünge auf alle Fälle sehen würde.

Ob mir Christa helfen könnte? Ob ich sie anrufe? Nein, das schaffen wir auch zu zweit nicht. Ich bin aufgeregt,

schwitze. Ob ich das alles einfach liegenlassen soll und behaupte: Das lag plötzlich da. Ich weiß überhaupt nicht wie das kommt.
Aber das klingt blöd, und sicher wird Mutter das nicht glauben. Sie wird fragen und dabei komisch gucken: Warst du das wirklich nicht? Das habe ich schon mal erlebt, als ich mal ein Fünfzigpfennigstück vom Küchentisch genommen hatte. „Das habe ich doch eben erst hingelegt", hat Mutter gesagt. „Hast du es eingesteckt?"
„Nein, ich war's nicht." Mutter hat dann nochmal gefragt. Aber ich hab' wieder gesagt: „Ich war's nicht." Zum Schluß hab' ich sogar geheult. Aber geglaubt hat Mutter das trotzdem nicht.
Soll sie doch schimpfen, ist auch egal. Ich will diesmal sagen, wie es war. Wenn das nur alles schon vorüber wäre. Ich warte die ganze Zeit darauf, daß später das Donnerwetter beginnen wird. Erst erfährt es Mutter und danach Vater. Und jeder wird schimpfen, wird seinen Teil zum Donnerwetter beitragen.
Ob ich Mutter vom Arzt abhole? Ich erzähle es ihr dann gleich. Ich will ihr sagen, daß es mir unheimlich leid tut und daß sie nicht böse sein soll.
Aber in Wirklichkeit weiß ich, daß das alles anders sein wird. Ich werde gar nicht dazukommen, das so nett und vernünftig zu sagen, denn Mutter regt sich bestimmt gleich auf, schimpft, und ich verteidige mich, sage: Dir ist auch schon mal was runtergefallen! Mutter findet mich dann bestimmt frech: Du könntest

ruhig etwas bescheidener sein, wenn du schon solchen Mist machst! wird sie sagen. Und eigentlich weiß ich gar nicht, ob ich das über die Lippen bringe: Es tut mir leid, und sei mir bitte nicht böse. Das fällt mir richtig schwer.
Aber ich werde meine Mutter trotzdem abholen. Die Scherben räume ich vorher weg. Vielleicht hat Mutter gute Laune, fällt mir ein, und es wird alles gar nicht so schlimm werden.
Als ich die Scherben in den Mülleimer werfe, klingelt es an der Tür. Ist sie das etwa schon? Aber sie klingelt anders, fällt mir ein. Außerdem hat sie einen Hausschlüssel mit.
Draußen steht Bernd, mit dem ich früher manchmal gespielt hab'. Er ist mit seinem Fahrrad gekommen und fragt: „Fährst du mit?"
„Du, das geht heute schlecht, ich muß Schularbeiten machen", sag' ich, obwohl ich fast nichts aufhabe. Aber ich bin einfach nicht in der Stimmung, um mitzufahren. Außerdem will ich meine Mutter vom Arzt abholen.
Bernd geht wieder. Als er im Garten steht, rufe ich hinterher: „Komm doch morgen, da hab' ich bestimmt Zeit! Christa ist auch da, wir können ja zu dritt spielen."
Aber da fällt mir ein, daß ich morgen vielleicht doch keine Zeit haben werde. Mein Vater ist manchmal streng. Du gehst erstmal nicht raus, könnte er sagen, wenn er die Scherben sieht. Deswegen ruf' ich noch: „Oder komm am besten übermorgen."

Mein Vater sagt so etwas, weil er nicht haut. Mutter macht das machmal, zack, dann hat man eine Ohrfeige. Und da er das nicht tut, haut er mit Wörtern um sich. Es dauert lange, bis er wieder freundlich ist. Bei meiner Mutter verraucht alles viel schneller. Ich sitze jetzt da und denke mir genau aus, was nachher sein könnte, und ich hab' Angst davor. Ich kann mir kaum vorstellen, daß ich vorhin nach Hause gekommen bin und hier alles richtig schön war. Plötzlich fange ich an zu weinen. Das läuft mir einfach so aus den Augen. Ich kann nichts dagegen tun. Dabei passiert mir das wirklich nur selten. Irgendwann stehe ich dann auf und hole die Scherben aus dem Abfalleimer. Ich spüle die schmutzigen Tonstücke ab und hoffe, daß ich es doch noch schaffen könnte, das alles wieder zusammenzukleben. Aber ich gebe es dann schnell zum zweiten Mal auf. Ich will keine Angst mehr haben. Ganz fest nehme ich mir das vor. Aber die Angst vergeht trotzdem nicht.
Dann klingelt es. Und ich höre diesmal am Ton, daß es meine Mutter ist. Ich öffne die Tür. Sie steht vor mir, eine schwere Einkaufstasche in der Hand. „Alles in Ordnung", sagt sie. Und dann: „Ich hab' immer Angst, wenn ich zum Arzt muß. Aber er hat gesagt, es ist alles in Ordnung ..."
Sie will weiterreden, aber da unterbricht sie sich: „Was ist denn mit dir los? Hast du geweint?"
Sie stellt die Tasche ab und kommt hinter mir her, während ich ins Wohnzimmer gehe. „Da", ich zeige

auf die Scherben, und Mutter sagt entsetzt: „Um Himmels willen, der Krug." Beide sehen wir zur leeren Stelle auf dem Schrank, wo der Krug vorher gestanden hat. „Ich hab' mit dem Ball gespielt", sage ich.
„Hab' ich dir nicht schon hundertmal gesagt, du sollst in der Wohnung nicht mit dem Ball spielen?"
„Hab' ich aber!" Das beginnt genauso schlecht, wie ich es befürchtet habe. Aber dann geht Mutter kurz aus dem Zimmer, kommt mit dem Kehrblech zurück und sagt: „Ach ..., ich laß mir meine gute Laune heute nicht verderben, auch durch die Scherben nicht."

„Aber was wird Vater sagen?"
„Vater?" Sie zuckt mit den Schultern. „Wir erzählen es ihm nicht." Sie sieht auf die Uhr. „Wir laufen schnell zu Körner, das ist der Kunstgewerbeladen, zwei Straßen weiter. Der verkauft solche Krüge. Ich hab' gestern einen gesehen. Wir kaufen das Ding neu. Schnell, beeil dich! Das kriegen wir schon hin." Sie ist richtig aufgeregt. „Schnell", sagt sie noch einmal.
„Was wird der Krug denn kosten?" frage ich, strahle und kann es noch gar nicht kapieren, daß das so gut ausgeht.
„Vielleicht fünfzig Mark."
„Ich hab' noch zehn Mark, wollen wir die dazulegen?"
„Nimm sie mit, falls er mehr kostet."
Wir räumen die Scherben weg, ziehen schnell die Mäntel und Schuhe an, und dann laufen wir los. Plötzlich hab' ich den Eindruck, daß man mit Mutter Pferde stehlen kann. Zwar klappt das nicht immer so gut wie heute, aber immerhin, manchmal klappt es doch. Schade nur, daß wir Vater etwas vormachen und ihm nicht sagen wie es war, denke ich.
Als hätte Mutter den Gedanken erraten, meint sie, während wir die Treppe hinuntergehen: „Eigentlich ist Vater nicht so. Der zerbricht nämlich auch manchmal was. Wir sagen es ihm irgendwann mal."
Wir laufen aus dem Haus und die Straße hinunter. Ich fühle mich plötzlich unheimlich erleichtert, mindestens so leicht wie heute mittag, als ich die Zwei minus nach Hause gebracht habe. Ich könnte in die Luft

springen. Aber ich tu's nicht, bleibe auf dem Boden und nehme mir vor, daß ich nach dem Einkaufen schnell zu Christa laufe und mit ihr spiele. Es wird doch noch ein guter Nachmittag, obwohl es vor zehn Minuten gar nicht danach ausgesehen hat.

Christa erzählt:

„Was hast du denn?"

Mutter stellt den Teller voll brauner, zuckriger Pfannkuchen zwischen uns auf den Tisch. Als erster greift Felix zu, und zwar gleich mit den Fingern. „Hast du keine Gabel?" fragt Mutter. „Doch" antwortet er, lacht und zieht den Kuchen mit der Hand auf seinen Teller. Auch Mutter lacht, Felix ist das jüngste von uns drei Kindern, und irgendwie kann sie ihm nicht böse sein.

„Gib mal das Apfelmus rüber! Der nimmt schon den vierten Pfannkuchen. Mensch, mach dich nicht so dick! Der ist so dick!" So geht das bei uns während des Essens zu. Nur Vater fehlt noch, obwohl es schon sechs Uhr ist. Aber er kommt heute erst später zum Abendessen. Zwischen zwei Bissen guckt Mutter schräg über den runden Tisch zu mir herüber. Kontrollblick, ob auch alles in Ordnung ist. Sie merkt sofort, wenn es einem nicht gut geht. Ich bin nur froh, daß sie jetzt nicht fragt: Was hast du denn?

Schnell schiebe ich das letzte Stück Pfannkuchen in den Mund, kaue, und dann schlucke ich es hinunter, vorbei an dem Kloß, der mir schon seit ein paar Tagen im Hals steckt und immer dicker wird. Ich stehe auf, will in mein Zimmer gehen und mir das alles überlegen. „He!" ruft da Leo, „die Dame hat gespeist, jetzt dürfen die Dienstboten abräumen." Und Mutter meint: „Wer mitißt, hilft auch mit."
„Muß das heute sein?" Klar, das muß sein. Schließlich sind wir drei Kinder, und Mutter hat genug zu tun. Trotzdem, heute sollte sie bei mir mit dem Helfen mal eine Ausnahme machen. Natürlich weiß sie das nicht. Ich müßte ihr schon erklären, warum ich das möchte. Aber ich kann nicht, muß mir das alles erst selbst richtig überlegen. Aber auch das kann ich nicht, denn als ich mit dem Helfen fertig bin und mich auf mein Bett setzen will, kommt Felix in mein Zimmer und will mit mir spielen. „Hau ab!" schimpfe ich.
Leo kommt auch, nur so, will wohl auch spielen. Aber ich brumme ihn nur irgendwie unfreundlich an, gehe zu Mutter ins Wohnzimmer und sage: „Will noch ein bißchen raus."
Sie sitzt am Fenster an ihrem Tisch, schreibt einen Brief und murmelt nur: „Aber bleib nicht so lange."

Mit dem Aufzug fahre ich bis ins oberste Stockwerk. Darüber, unter der Dachschräge, ist der Boden. Mit dem Rücken lehne ich an der hölzernen Bodentür. Wenn ich mal richtig Ruhe haben will, ist das mein

Platz, mein Nachdenkeplatz. Ich sitze auf der obersten Stufe und sehe in den Treppenschacht hinunter, sehe die alte Lampe über mir, die Spinnweben in der Ecke. Und vor allem sehe ich sie, obwohl sie gar nicht hier ist: Sie hat mir gleich gut gefallen, richtig nett habe ich sie gefunden. Jeansrock, die blonden Haare hochgesteckt, Holzschuhe mit roten Lederriemen an den Füßen. Klapperlatschen sagen wir dazu. „Ich bin eure neue Erdkundelehrerin", hat sie sich vor vier Wochen lächelnd bei uns vorgestellt.
Spätestens heute morgen ist ihr das Lächeln endgültig vergangen. Ich sehe vor mir, wie sie in die Klasse kommen wollte: Gespannt gucken wir auf die große Wandkarte. Der Werner kichert neben mir, stößt mich mit den Ellbogen an. Wir sind sicher, daß sich unsere neue Lehrerin über das plötzliche Karteninteresse gar nicht so sehr freuen kann, denn der Kartenständer steht direkt vor der Tür. Sie wird dagegenlaufen.
Völlig ruhig sitzen wir da, als wir ihre Klapperlatschen auf dem Flur hören. Im nächsten Augenblick öffnet sie die Tür. Das „Guten Morgen" bleibt ihr im Hals stecken. Dafür hören wir ein kurzes „Au", dann verrutscht die Karte. Die Klasse brüllt vor Lachen. Ich lache mit, während sie versucht, den schweren Ständer wegzuschieben.
„Erdbeben in Afrika!" schreit einer, weil sich Afrika bewegt. „Das Meer wackelt!" schreit ein anderer. Und ich schreie mit, obwohl sie mir gleichzeitig leid tut und ich ihr eigentlich helfen möchte. Aber ich tue nichts,

sitze da, lache wie Werner neben mir und alle anderen.
– Endlich schiebt sie die Karte weg. Da spannen wir die hartgefalzten Papierstücke in die Gummis und schießen auf sie. Sie steht da und bittet: „Laßt doch den Mist!" Dann verzieht sie ihr Gesicht, als wollte sie mit der Grimasse ihre Tränen auffangen. Aber das schafft sie nicht mehr, und deswegen geht sie raus, macht die Klassenzimmertür hinter sich zu, ganz leise, obwohl sie sich ärgert.

Sie ist immer ganz leise, zu leise für uns, weil wir so leise Lehrer nicht gewöhnt sind. Herr George reagiert ganz anders: „Mit euch werde ich Schlittenfahren! Noch ein Wort!" Dem kommt es dann auf ein paar Kopfnüsse oder Strafarbeiten mehr oder weniger gar nicht an. Und ich finde unsere neue Lehrerin gerade deswegen gut, weil sie anders ist als er.
Leider sind wir zu ihr auch anders als zu ihm. Sie muß ja glauben, daß die ganze Klasse sie nicht mag und daß sie alles falsch macht. Und die Kinder aus der Klasse glauben, daß alle den Quatsch, den wir mit ihr machen, spaßig finden. Nur Werner ist da bei mir wohl nicht mehr ganz sicher. Er hat heute auf dem Nachhauseweg gemeint: „Selber schuld, wenn sie sich den Krach und das alles gefallen läßt!"
Ich wußte erstmal gar nicht, was ich darauf sagen sollte. Eigentlich sind wir nämlich meistens einer Meinung. Aber heute überhaupt nicht. „Hmm", hab' ich trotzdem gemacht. Ich hab' mich einfach nicht getraut zu sagen, was ich wirklich denke. Das ärgert mich unheimlich an mir. Ich bin nur froh, daß ich ihn wenigstens „Blödmann" genannt habe. Obwohl das auch nicht toll ist, aber was Besseres ist mir leider nicht eingefallen. Werner meint dann noch: „Soll sie es doch machen wie der alte George!"

Bei dem ist alles anders. Da sitzen wir auch nicht in Gruppen. Im Gegenteil, der setzt uns möglichst weit auseinander. „Damit keiner abschreibt!"

Die neue Lehrerin nennt das „zusammenarbeiten". „Das müßt ihr lernen", sagt sie und gibt uns Aufgaben, die wir gemeinsam lösen sollen, obwohl das nicht alle gut finden. Uta, am Tisch hinter mir, hat bei einer Arbeit ihr Heft links und rechts mit Büchern zugebaut, damit niemand sehen kann, was sie schreibt. Und gesagt hat sie: „Meine Mutter will nicht, daß jemand von mir abschreibt."
Wenn es besonders laut in der Klasse ist, stelle ich mir manchmal vor, ich wäre unheimlich stark und könnte meiner neuen Lehrerin helfen. Dann bringe ich ihr sogar Blumen mit und sage: Für Sie, ich mag Sie nämlich richtig gerne. Obwohl ich so was in Wirklichkeit nie schaffen würde. Ich kann das nur denken und nicht sagen. Überhaupt, ich glaube, daß ich zu viel denke und zu wenig sage.
Ich sitze auf der Bodentreppe, und mir wird kalt. Als ich aufstehe, höre ich die Haustür. Bestimmt mein Vater, er benutzt den Aufzug nicht, weil Treppensteigen gesund ist. Jetzt höre ich schnelle Schritte. Das ist er wirklich, so klingen seine Schritte.
Ich sitze einige Stockwerke über ihm. Wenn er käme, würde ich ihm alles erzählen, stelle ich mir vor. Aber natürlich kommt er nicht, er verschwindet in unserer Wohnung. Wenn ich über etwas reden möchte, kommt niemand, und wenn ich es nicht möchte, fragt garantiert jemand: Was hast du denn?
Ich will runterfahren. Aber der Aufzug ist besetzt, und ich geh' die Stufen hinunter, an unserer Wohnungstür

vorbei. Einen Augenblick überleg' ich, ob ich mich zu den anderen da drinnen setzen soll. Dann schreit Felix los, weil ihm wohl irgendwas nicht paßt.
Ich gehe an den Geschäften entlang und dann Richtung Bahnhof. Zu Werner will ich heute nicht. Irgendwie ärgere ich mich über ihn, weil er genauso blöd wie die anderen zu unserer neuen Lehrerin ist.
Viele Leute sind hier unterwegs. Ich komme am Kino vorbei, vor dem mich Felix mal gefragt hat, ob die nackten Frauen im Schaufenster nicht frieren. Während ich gehe, denke ich, daß das mit der neuen Lehrerin besser werden muß, daß ich irgendwas tun sollte. Aber mir fällt nichts ein, nur immer der Satz: Ich muß etwas tun. Dann bin ich am Bahnhof.
In den hohen Glastüren spiegeln sich die Lichtreklamen der Halle. Viele Ausländer stehen da, ich glaube Türken. Die wollen nicht wegfahren. Sie treffen sich hier, reden miteinander. Als wäre diese Halle ihr riesiges Wohnzimmer, hat Vater mal gesagt.
Leute tragen Koffer an mir vorbei. Der Lautsprecher sagt einen Zug an. Meinen Eltern darf ich nicht erzählen, daß ich hier war, fällt mir ein, denn sie meinen, daß ich am Bahnhof nichts zu suchen hätte.
Eine Mark finde ich noch in meiner Hosentasche. Am Kiosk verlange ich dafür: ,,Eine Tafel Vollmilchnuß." Die Frau schiebt sie mir an den Zeitungen vorbei zu und verlangt: ,,Einszehn." Ratlos stehe ich mit meiner Mark da, halte sie ihr hin. Sie guckt mich an, lächelt und gibt mir die Tafel.

Ich will die Tafel Schokolade nur für mich und nicht mit den anderen zu Hause teilen. Gerade breche ich mir ein dickes Stück ab, als es mir fast aus der Hand fällt. Das gibt's doch gar nicht! Ich sehe sie hier am Bahnhof. Hinter einer Gruppe Ausländer taucht sie auf. Meine Lehrerin mit ihren roten Klapperlatschen. Das ist sie! Sie trägt einen Koffer und verschwindet in dem hellgekachelten Tunnel, der zu den Bahnsteigen führt. Ich renne los, hinter ihr her. Will sie weg? Wir haben morgen Schule. Sie kann doch nicht einfach verschwinden, das wäre ja wie Schuleschwänzen. Das geht nicht. Aber vielleicht hält sie es bei uns nicht mehr aus? Ich renne durch den Tunnel, während die Gedanken in meinem Kopf noch schneller rennen. Ich will mit ihr reden, jetzt gleich. Ich will ihr sagen, daß ich sie mag. Sie kann doch nicht einfach wegfahren!

Vor dem Aufgang zum Bahnsteig sechs bleibt sie mit dem Rücken zu mir stehen, setzt den Koffer ab und dreht sich um. Ich gehe auf sie zu. Und da merke ich, daß sie es gar nicht ist. Ich sehe sie noch mal an. Die Frau lächelt kurz, während ich die Hände in die Taschen stecke, an ihr vorbeigehe und überlege, was ich ihr eigentlich hätte sagen sollen, wenn sie es gewesen wäre. Bleiben Sie doch hier? Vielleicht hätte ich ihr meine Schokolade geschenkt oder sie wenigstens mit ihr geteilt. Ich stelle mir vor, wie sie auf ihrem Koffer sitzt, wir essen zusammen Schokolade, meine Lehrerin und ich.

Im nächsten Augenblick sehe ich aber jemanden vor mir, der wirklich hier ist. Ein Bahnpolizist taucht auf, langsam kommt er an den Reiseplakaten vorbei auf mich zu und sieht aus, als wollte er fragen: Was suchst du hier?
Möglichst unauffällig verschwinde ich aus dem Tunnel, gehe quer durch die Halle an den miteinander

sprechenden Ausländern vorbei. Dann renne ich los, die Straße hinunter. Ich will jetzt nach Hause. Mensch, ist das spät! Und dunkel ist es auch schon ziemlich. Hoffentlich schimpfen meine Eltern nicht. Schnell die Treppe hoch, außer Atem schließe ich die Wohnungstür auf und hoffe, daß sie noch nicht gemerkt haben, daß ich so lange weg war. Aber ich habe mich sozusagen verhofft, Mutter steht im Flur und fragt: „Wo steckst du denn die ganze Zeit?"
„War weg, spazierengehen", sage ich und denke: Wenn sie mich jetzt fragen würde, was hast du denn, könnte ich ihr alles erzählen. Aber sie fragt nicht.
„Tach, du Rumtreiberin!" begrüßt mich Vater im Wohnzimmer über eine Flasche Bier weg. Mutter setzt sich zu ihm, schenkt sich auch ein Glas ein, trinkt und findet: „Oh, ist das gut. Geht doch jetzt schon mal ins Badezimmer. Gestern hat's wieder so lange gedauert. Ihr solltet heute ein bißchen früher fertig werden!"
Bevor wir ins Bett gehen, gebe ich Felix und Leo noch ein Stück Schokolade, weil ich doch nicht alles alleine aufessen will. „Was ist denn mit dir los?" fragt Leo erstaunt und steckt die Schokolade schnell in den Mund, als könnte ich sie ihm wieder wegnehmen.
Dann bin ich in meinem Zimmer und wünsche mir, daß noch jemand zu mir käme. Aber meine Eltern sehen fern, ich höre es leise. Da schreit jemand, dann knallt es. Das klingt nach Krimi.
Weil niemand kommt und mit mir redet, rede ich selbst mit mir. Ich erzähle mir, daß ich ein Feigling bin, weil

ich bei all dem Blödsinn mitmache, obwohl ich das eigentlich nicht will. Ich finde mich überhaupt blöd, weil ich meine Lehrerin mag und das nicht zeigen kann, weil ich immer nur denke und nichts mache. Ich finde mich rundum blöd und die anderen dazu, vor allem Werner, den ich sonst nie blöd finde, auch sie, meine Lehrerin, weil sie sich nicht wehrt.
Richtig wütend werde ich. So wütend, daß ich anfange zu heulen. Vor Wut haue ich mit der Faust gegen die Wand. Der Leo brüllt von drüben: „Ruhe!" Dann springe ich auf, renne über den Flur, stolpere ins Wohnzimmer und da gerade über Felix. Vater ruft ihm hinterher: „Wir wollen fernsehen! Du bleibst jetzt im Bett!"
In dem Augenblick stehe ich da. „Was ist denn?" empfängt er mich ungnädig. Aber Mutter sieht mich an und faßt ihn am Arm, und danach sieht er mich auch an und fragt noch mal: „Was ist denn?" Diesmal klingt es ganz anders, freundlicher. Dann stellt er den Fernsehapparat leise.
Ich erzähle, daß ich Angst habe, sie könnte nicht mehr kommen, daß ich anders zu ihr sein möchte und es nicht schaffe. Ich erzähle, daß ich glaubte, ich hätte sie am Bahnhof gesehen. „Dann bin ich ihr nachgerannt, aber sie war es gar nicht."
In meinem Kopf geht alles durcheinander, und was ich sage klingt wohl auch so. „Bitte", meint meine Mutter, „etwas langsamer und der Reihe nach. Ich kapiere gar nichts."

Aber immerhin haben sie gleich kapiert, daß es etwas Wichtiges ist. Vater stellt sogar den Krimi ab, ohne zu schimpfen, obwohl die sich da immer noch verfolgen. Mutter schiebt mir ihr Bierglas zu, ich trinke einen Schluck und erzähle dann so ziemlich der Reihe nach.

Wir sitzen zusammen und reden lange miteinander. Das passiert bei uns ziemlich selten. Als ich später wieder im Bett liege, bin ich sicher, daß ich morgen auch mit meiner Lehrerin reden kann. Aber nicht nur mit ihr, auch mit den anderen aus meiner Klasse, jedenfalls mit einigen, vor allem mit Werner. Ich habe es mir ganz fest vorgenommen. Und wenn das nichts nützt, wollen meine Eltern mal mit den anderen Eltern sprechen.
Das wird alles anders, hoffe ich. Es ist sogar schon ein wenig anders, fällt mir ein. Jetzt gibt es immerhin drei Leute, die meine neue Lehrerin gut finden. Wir drei, meine Eltern und ich. Ich bin richtig froh, daß ich vorhin noch mal aufgestanden bin. Vor lauter Frohsein schlage ich gegen die Wand. ,,Ruhe!" schreit Leo und Felix schimpft: ,,Du hast mich aufgeweckt!"
Nicht mal laut freuen kann man sich bei den dünnen Wänden. Ich freu' mich leise weiter, drehe mich zur Wand und weiß genau, daß ich noch lange nicht einschlafen werde.

Werner erzählt:

„Eigentlich wollte ich ja ein Pferd!"

Ich springe auf, packe meine Schultasche und renne aus dem Klassenraum. „Werner!" ruft die Lehrerin hinter mir her und dann noch irgendwas. Aber wie ein geölter Blitz bin ich draußen.
Ich muß das alles Christa erzählen. Bisher hat das heute nicht geklappt, denn wir haben uns kaum gesehen und überhaupt nicht miteinander reden können. Sind ja ständig in irgendwelchen anderen Gruppen. Und ich muß es ihr doch unbedingt erzählen.
Wann kommt sie denn? Ich stehe mir am Schultor die Beine in den Bauch und warte. Aber sie kann ja nicht wissen, daß ich heute was ganz Wichtiges zu erzählen habe.
Und dann kommt sie endlich die Treppe runter, redet mit einem anderen Mädchen. Aufgeregt winke ich ihr. „Na du", begrüßt sie mich, „warst ja heute schneller als ich."
Gleich sage ich es, denke ich die ganze Zeit, gehe ne-

ben ihr her und sage erstmal gar nichts. Das soll so ganz nebenbei klingen, als wär's unwichtig. Dabei ist es unheimlich wichtig.
Wir gehen die Straße runter. Christa erzählt irgendwas, und ich höre nicht mal richtig zu. Dafür beiße ich mir fast die Zunge ab, weil ich mich kaum mehr beherr-

schen kann, und Christa erzählt immer noch. Endlich platze ich heraus: „Ich hab' was ganz Schönes!"
„Was denn?" fragt sie.
„Rate mal."
„Für dein Zimmer?"
„Ne ..., noch schöner, ... ein Tier!"
„Einen Vogel?"
„Viel größer ... Einen Hund hab' ich."
„Einen richtigen Hund?" will sie wissen.
„Klar, alles dran und so groß und so schwarz." Ich zeige Christa eine ziemlich kleine Größe. Er ist nämlich wirklich noch nicht groß, mein neuer Hund. Eigentlich ist er auch gar nicht mein Hund, sondern unser Familienhund.
„Klasse!" freut sich Christa mit mir. „Aber wie kommt das denn so plötzlich? Ich denke, dein Vater hat was gegen Viecher, obwohl ihr bei euch zu Hause ja welche haben könnt. In unserem dritten Stockwerk..., na ja ..., da passen keine Viecher hin. Da haben wir kaum genug Platz für uns."
Wir stehen an der Ampel und warten. Und ich fange an zu erzählen, wie wir zu dem Hund kamen. „Ich hab' schon immer ein Tier haben wollen. Am liebsten ein Pferd ..., obwohl ein Hund natürlich auch ganz schön ist."
„Man kann bloß nicht drauf reiten", unterbricht mich Christa.
„Jetzt laß mich mal endlich erzählen. Ich unterbrech' dich ja auch nicht ständig ... Wo war ich gerade?"

„Beim Pferd."

„Ach ja ... Das mit dem Pferd hab' ich mir ganz genau ausgedacht. Das Pferd in meinem Kopf und ich, wir sind zusammen ausgeritten, ich hab's gefüttert, gestreichelt und gestriegelt. Es war ganz toll. Aber leider nur in meinem Kopf.

Ich wollte es bei einem Bauern unterstellen. Wir kennen einen, Herrn Bachmann. Der war mit allem einverstanden. Sechzig Mark hätte das im Monat gekostet. Ist sonst teurer, ich hab' mich erkundigt. Herr Bachmann hat allerdings gefragt: „Was meinen eigentlich deine Eltern dazu?"

Das hab' ich ihm lieber nicht erzählt, denn die haben alles mögliche dazu gemeint, vor allem: „Pferd ist zu groß" und „Pferd ist zu teuer!"

„Aber ihr habt euch doch auch erst ein großes, teures Auto gekauft", hab' ich gesagt.

„So teuer war's gar nicht", hat mein Vater festgestellt. „Und außerdem..., das Auto brauche ich einfach. Oder soll ich jeden Morgen mit deinem Pferd durch die Stadt zur Arbeit reiten? Beim Pförtner gebe ich es dann ab, oder ich nehme es gleich mit ins Büro. Und mein Chef füttert es mit Hafer? Und die Reitstunden? Die Reitkleidung ..., und was man sonst noch braucht?" haben sie mir vorgehalten. „Ne ne, schlag dir das mal aus dem Kopf!"

Dabei ist es geblieben. Meine Eltern haben, wenn es ums Pferd ging, gemeinsam den Kopf geschüttelt, daß es eine Pracht war, obwohl ich auf die Hälfte meines

Taschengeldes verzichten und mein gespartes Geld dazugeben wollte.

Gesprochen habe ich kaum mehr davon, aber drangedacht hab' ich ständig. Zu Weihnachten habe ich dann noch mal ganz groß auf meinen Wunschzettel geschrieben: „Ein Pferd", sonst nichts. Bekommen habe ich ein Meerschweinchen: Kalli. Aber auf einem Meerschweinchen reiten, das geht nicht. Und außerdem ist Kalli nach vierzehn Tagen gestorben, weil er vom Tisch gefallen ist.

Das ist komisch. Immer wenn ich mir etwas Großes wünsche, bekomme ich etwas Kleines, was ein bißchen verwandt mit meinem großen Wunsch ist. Als ich mir zum Beispiel ein Klavier gewünscht habe, gab's eine Mundharmonika. „Damit kann man auch Musik machen", hieß es. Ich hab' mir sogar überlegt, ob ich statt „Pferd" auf den Wunschzettel „Elefant" schreiben sollte, wahrscheinlich würde ich dann nämlich ein Pferd bekommen.

Eigentlich hat meine Mutter nie was gegen Tiere gehabt. „Aber Vater ist ein Stadtmensch und nicht an Tiere gewöhnt. Und eines muß ich ja sagen, über einen Hund würde ich mich sogar richtig freuen", hat sie gesagt.

Von einem Hund haben wir beide, meine Mutter und ich, dann oft geredet. Vater hat dazu gemeint: „Kommt gar nicht auf den Teller."

„Wer spricht denn davon?" wollte Mutter wissen. „Auf den Teller sowieso nicht, höchstens ins Körbchen."

„Das fehlt uns gerade noch", hat Vater dazu gemeint.
„Genau", hat Mutter zugestimmt.
„Was?" hat er aus seinem Sessel herüber erstaunt gefragt.
„Hast du doch eben selbst gesagt, ein Hund fehlt uns gerade noch. Und das finden Werner und ich auch."
Erstmal hat Vater meine Mutter angesehen, dann mich. Dabei ist ihm wohl klar geworden, daß wir das mit dem Hund richtig ernst meinen. Und er hat das bisher gar nicht ernst nehmen wollen.
Meine Mutter hat nichts mehr gesagt. Aber ich kenne sie ja auch schon eine ganze Weile. Nach außen ist sie ruhig ..., aber in ihrem Innern bellt es schon ganz laut, jede Wette.
Das Pferd hab' ich aufgegeben. War klar, daß das nicht mehr klappen würde. Aber meine Mutter und ich hatten jetzt zusammen ein Ziel, unseren Hund. Oft haben wir zusammengehockt und uns unterhalten, wie er sein wird ..., unser Hund. Wie wir ihn erziehen. „Bei Tisch bekommt er keinen Bissen. Und auf keinen Fall wird er verwöhnt!"
Wir waren uns sehr einig. Und als Vater abends mal gesagt hat, daß er zwei Tage für seine Firma verreisen muß, hat Mutter gemeint: „Jetzt wäre ein Hund gut, dann hätte ich wenigstens Gesellschaft."
„So ein Köter soll ein Ersatz für mich sein?" hat Vater lachend gefragt. Aber langsam ist ihm wohl immer klarer geworden, daß wir beide das Spiel „Hund oder kein Hund" gewinnen werden. Manchmal war ihm sogar

zum Bellen, er hat uns dazu erklärt: „Wenn man bei euch beliebt sein will, muß man ja bellen."
Schließlich haben wir uns geeinigt: „Ein Hund kommt ins Haus, ein kleiner, aber erst nach dem Osterurlaub, denn Urlaub mit Hund …, das gibt nur Scherereien."

Bis nach dem Urlaub wollten Mutter und ich wirklich warten. Seufzend stand Vater da und hat gemeint: „Ich will aber nichts mit ihm zu tun haben, die Arbeit macht ihr. Und wie ist das überhaupt mit der Hundesteuer?"
„Nicht der Rede wert."
„Hoffentlich täuscht ihr euch da nicht."
Das war vor einigen Tagen. Und gestern ist Vater krank geworden. Kopfschmerzen und ein bißchen Fieber. Jedenfalls ist er zu Hause und im Bett geblieben.

Mittags nach der Schule hat Mutter mir die Zeitung entgegengestreckt. „Tiermarkt/Hunde." „Guck mal, die Anzeige, so einen Hund wollte ich. Mischling, irgendwas mit Schnauzer, so einen hatte ich früher auch."
Wir haben Vater die Anzeige gezeigt. „Den wollen wir. Ist 'ne ganz tolle Mischung!"
„Mein Kopf tut weh, raschelt nicht so laut mit der Zeitung. Nach dem Urlaub schaffen wir uns einen Hund an, wie wir das besprochen haben."
Leise haben wir die Tür zu seinem Zimmer zugezogen. In der Küche hat Mutter gemeint: „Ich muß noch 'ne Kleinigkeit einkaufen. Kommst du mit?" Sie hat mich so komisch angesehen, daß ich schnell mitgekommen bin, denn ich hab' irgendwas geahnt.
„Sind bald wieder da, kaufen ein. Brauchst du irgendwas?" hat sie zum Schlafzimmer hochgerufen. „Ne, danke", kam von ihm zurück.
Wir haben uns dann ins Auto gesetzt, und Mutter hat die Zeitung vorgeholt und nachgesehen, wo es den Hund gibt. „Fasanenstraße. Den gucken wir uns an! Vielleicht heben sie ihn uns bis nach dem Urlaub auf."

Das Einkaufen war schnell erledigt. Für Vater haben wir ein Schnitzel mitgebracht. „Ein großes Stück für einen Kranken", hat Mutter zum Schlachter gesagt und ein riesiges Fleischstück bekommen. Und dann haben wir uns die Hunde angesehen. Zwei sind es gewesen, ein Männchen und ein Weibchen. Richtig niedlich ..., ziemlich klein ..., kuschelig ..., wie aus schwarzer Wolle.

Am liebsten hätte ich beide mitgenommen. Dann haben wir uns aber doch für das Weibchen entschieden, denn der Mann hat erklärt: „Weibchen will sonst keiner haben, und ich weiß gar nicht, was ich mit ihm machen soll, wenn es niemand nimmt."

„Können wir es bis nach den Ferien bei ihnen lassen?" haben wir gefragt.

„Geht leider nicht", hat er gesagt. „Wir wollen auch verreisen, und die jungen Hunde sollen bis dahin untergebracht sein."

Wir mußten unseren Hund also mitnehmen. Dafür haben wir sechzig Mark bei dem Mann gelassen, der uns auch gleich eine Leine mitgegeben hat. In einer Tierhandlung haben wir Futter gekauft, ein Halsband, einen Freßnapf und noch so ein paar Kleinigkeiten. Dann sind wir nach Hause gefahren.

Vater haben wir den Hund nur bis zum ersten Beller verheimlichen können. Das Geräusch hat ihn aus dem Bett katapultiert, und er ist wie eine Rakete in der Küche erschienen. „Wer bellt hier?" hat er wissen wollen. Und dann gab es die erste Familienversammlung um unseren Hund.

„Hab' ich mir doch gedacht", hat Vater gestöhnt, „erst mit der Zeitung rascheln und dann den Hund mitbringen, obwohl wir doch besprochen haben, daß wir ihn erst nach dem Urlaub ..."

„Der paßt ja wohl in den Wagen! Außerdem mußten wir

ihn mitnehmen, denn so einen Mischling hab' ich immer gewollt. Nach den Ferien hätte es ihn nicht mehr gegeben."
„Ist es wenigstens ein Männchen?" hat Vater gefragt. „Ich möchte nämlich in einem halben Jahr keinen Stall voll junger Hunde haben."
„Was hast du eigentlich gegen Weibchen?" hat Mutter sehr spitz gefragt. Vater hat sich auf den Küchenstuhl gesetzt, nichts geantwortet und uns zugesehen, wie wir mit unserem Hund gespielt haben.
„Euer Glück, daß ich schwerkrank bin und mich deswegen nicht so richtig wehren kann. Jawohl, richtig ausgenutzt habt ihr meine Schwäche und Wehrlosigkeit", hat er dann vor sich hingemurmelt. Schließlich hat er aber doch zugegeben, daß unser Hund ein richtig schöner Hund ist. Und er hat gefragt: „Wächst der noch?"
„Nicht viel", haben wir ihn beruhigt. Obwohl das nicht ganz stimmt. Sicher, ein Bernhardiner wird nicht aus ihm, aber er wächst noch ein ganzes Stück. Ich hab' seine Hundeeltern gesehen, das waren ganz schöne Brocken.
Vater hat dann noch gesagt: „Am Tisch bekommt er nichts, gebettelt wird auch nicht, das gewöhnen wir ihm gar nicht erst an. Und ins Bett kommt er auf keinen Fall. Das Schlimmste sind verwöhnte Hunde. Übrigens ..., hoffentlich ist er stubenrein."
Wir haben zu allem genickt. Am Schluß hat Vater gesagt: „Einen kranken, alten, bettlägrigen Mann übers

Ohr hauen, das könnt ihr." Mutter hat ihm einen Kuß aufs Ohr gegeben, über das wir ihn gehauen haben. „Damit's nicht mehr so weh tut."
Wir wollten unseren Hund ja wirklich nicht verwöhnen, aber als er eine Stunde nichts gefressen hat, war es Vater höchstpersönlich, der von seinem Riesenschnitzel ein Stück für den Hund abgeschnitten hat. „So viel kann ich alleine gar nicht essen", hat er dazu gemeint. „Hunde brauchen was Kräftiges, zittert ja, das Kerlchen. Wir wollen ihm ein Ei dazugeben. Vielleicht friert er auch!" Und deswegen hat Vater ihn mit ins Bett genommen. „Aber nur ausnahmsweise." Stubenrein ist er natürlich auch nicht, das hat er uns durch einen prächtigen Sumpf im Flur bewiesen.
Einiges haben wir meinem Vater verschwiegen. Zum Beispiel, daß die Hundesteuer natürlich doch teurer ist, als wir uns das vorgestellt haben. „Außerdem sollte man für einen Hund unbedingt eine Versicherung abschließen", hat uns ein Hundebesitzer geraten. „Zum Arzt muß er auch bald. Diese Arztbesuche..., ziemlich teuer."

„Habt euren Vater ja wirklich ganz schön reingelegt", sagt Christa, die neben mir geht. „Obwohl..., ich weiß nicht, wenn du das so erzählst, klingt es fast, als hätte er sich absichtlich reinlegen lassen. Aber sag mal..., wie heißt er denn, euer Hund?"
„Wissen wir noch nicht. Komm doch mit zu mir nach

Hause, dann suchen wir heute nachmittag einen Namen für ihn. Kannst gleich über Mittag dableiben."
„Ich ruf' meine Mutter an und frag', ob das geht. Schade, daß ich nicht auch einen Hund haben darf."
„Kannst doch immer zu uns kommen", schlage ich vor. „Wir gehen dann zusammen mit dem Hund weg. Wird bestimmt prima. Wir teilen uns den Hund."
„Welches Teil krieg' ich denn?"
„Such dir eines aus." Gleich sind wir zu Hause, Christa und ich. Und gleich werden wir ihn sehen, unseren Hund. Heute muß uns unbedingt ein Name für ihn einfallen. Nur Hund, das reicht nicht.
Jetzt klingeln wir. Sonst höre ich als erstes immer meine Mutter, aber diesmal höre ich ein Kläffen. „Wirklich wie 'n Hund", sagt Christa. Dann öffnet Mutter die Tür. Schwarz und wollig drückt er sich zwischen ihren Beinen herum. Ich streichele ihn, hebe ihn dann hoch und drücke ihn Christa in den Arm.
Sie darf über Mittag bei uns bleiben. Nach dem Essen wollen wir ganz schnell unsere Schularbeiten machen und danach mit dem Hund losgehen. Wir freuen uns schon darauf, Christa und ich.

Inhalt

Mensch, wär' das schön! 3
Alles in Ordnung? 15
Wie redest du eigentlich mit mir? 29
Wir müssen zu Friedrichs! 42
Werner, sei ruhig, wir wollen schlafen! 55
In zehn Minuten gibt's Essen! 66
Dem werde ich's zeigen! 74
Das alles nur, weil wir ein bißchen
laut waren! 83
Wie konnte das nur passieren? 92
Was hast du denn? 104
Eigentlich wollte ich ja ein Pferd! 116